Zu diesem Buch

Georg Heinzen sperrt in seinem Roman drei unterschiedliche Menschen in ein Auto, und in ihren Gesprächen kommt zum Vorschein, was man «Neue Unübersichtlichkeit» nennt: keine Ziele, sondern Richtungen, Anekdoten statt Theorien, eine Welt aus Zitaten und Stilen. Aber es gibt noch eine vierte Hauptperson: Evita, ein elfjähriges Mädchen aus Südamerika, das nach einem Vulkanausbruch zwischen Betonplatten eingeklemmt auf seine Rettung wartet. Die Medien stürzen sich natürlich auf sie. Evita im Radio, Evita im Fernsehen, Evita auf Titelseiten, Evita auf T-Shirts. Und während die drei auf der Autobahn, hin- und hergerissen zwischen ihrer Angst vor Nähe und der Angst vor dem Alleinsein, sich letztlich fremd bleiben, wird ihnen das synthetische Mädchen immer vertrauter.
Wie haben uns die elektronischen Medien verändert? Sind wir klüger geworden, weltoffener, informierter? Oder sind wir vor dem Fernseher zu Krokodilen erstarrt, immer bereit, uns all das fremde Glück und Leid einzuverleiben, das das eigene Leben nicht bereithält? «Ich bin ein Krokodil, und du hast Angst» ist eine Parabel auf die Angst vor Nähe und die Sehnsucht nach ihr. Erzählt mit atemberaubendem Tempo, beklemmenden Pointen und makabrer Komik.

Georg Heinzen, geboren 1953 in Düsseldorf, studierte nach einer Maschinenschlosserlehre Germanistik und Geschichte. Seit 1985 freier Schriftsteller. Neben Essays, Reportagen und Rezensionen, Kurzgeschichten und Radiofeatures veröffentlichte er (gemeinsam mit Uwe Koch) das Sachbuch «Heimat Stadt» und den Roman «Von der Nutzlosigkeit, erwachsen zu werden» (rororo Nr. 12459), «die bisher treffendste Darstellung der siebziger Jahre und ihrer Folgen». («Spiegel»)

Georg Heinzen

Ich bin ein Krokodil, und du hast Angst

Roman

rororo

Rowohlt

Veröffentlicht im Rowohlt Taschenbuch Verlag GmbH,
Reinbek bei Hamburg, Februar 1991

Redaktion Jens Petersen, Brigitte Ziob
Umschlagillustration Birgit Schössow
Umschlagtypographie Walter Hellmann
Gesamtherstellung Clausen & Bosse, Leck
Printed in Germany
880-ISBN 3 499 12868 3

Ich bin ein Krokodil, und du hast Angst

Sonntagabend in einem Autobahngrill. «Los, ihr Hänger!» sagte der Flipper. «Spielt mit mir! Zeigt den anderen, wie gut ihr seid!» Die blonde Frau im Fernsehen über der Theke zog ihre Strümpfe wieder an, und der Mann am Hotelzimmerfenster knurrte: «Vielleicht begreift man das Glück immer erst, wenn es vorbei ist.»

«Leger im Grand Palais», murmelte Paolo und ließ seine Zeitung sinken. «Aber dafür extra nach Paris?» Er bestellte noch einen Kaffee.

Ein junger Mann, Anfang Zwanzig, stieß die Tür auf. Er fuhr mit dem Zeigefinger an der Wand entlang, ließ die Eistafel pendeln, setzte die vier Lampen über der Theke in Schwung, bestellte ein halbes Hähnchen mit Pommes frites und begann, in dem Korb mit den Reiseandenken zu wühlen. Auf seinem weißen T-Shirt stand NO PROBLEM.

«Wir müssen uns trennen, Baby!» knurrte der Mann im Fernsehen und streifte seine Hosenträger über. «Die Bullen wissen, daß ich in der Stadt bin.»

«Ich liebe dich!» stöhnte die Frau und versuchte, ihn auf das Bett herabzuziehen.

Der Mann lachte bitter. «Man kann keinen Toten lieben!»
«Die hat ihn in die Falle gelockt!» sagte der Büfettier.
Der Junge gab keine Antwort. Er hatte einen Kugelschreiber mit einer Blondine im schwarzen Badeanzug entdeckt. Als er den Stift aufrichtete, zog sie sich aus. «Gefällt sie Ihnen?» fragte er den Büfettier.
«Zweifünfzig!» kam es zurück.
«Setzen Sie es auf die Rechnung!» antwortete der Junge und stellte sich zu Paolo, obwohl genügend andere Stehtische frei waren.
Im Fernsehen schob der Kommissar mit dem kantigen Kinn seinen Hut in den Nacken.
«Hab ich's doch gewußt!» sagte der Büfettier, als er den Kaffee brachte. «Die hat ihn in die Falle gelockt!»
Paolo schüttelte den Kopf. «Die Struktur solcher Filme ist doch immer gleich, am Ende sind die Guten die Bösen und umgekehrt.»
Während auf dem Dach eines Chinarestaurants Scharfschützen der Polizei in Stellung gingen, hatte der Junge begonnen, Paolo von oben bis unten abzuschätzen, die randlose Brille, den hellbraunen Anzug, die eleganten Wildlederschuhe und die goldene Armbanduhr.
Paolo ließ die Zeitung sinken. «Stimmt was nicht?»
Der Junge lächelte.

Hinter der Gardine hatte der Mann mit den Hosenträgern das gegenüberliegende Dach beobachtet. Jetzt warf er seine Zigarettenkippe ins Bidet und knurrte: «Ein letzter Kuß, Baby, und der Henker kann kommen!»

«Nein!» schrie die Frau und sprang auf. Ihre Hände umklammerten den Hals des Mannes. «Ich liebe dich! Ich liebe dich!» stöhnte sie. Ihre Finger krallten sich in seine behaarten Schultern, zerrten an dem Unterhemd, tasteten sich immer weiter vor bis zum Schulterhalfter.

«Geben Sie auf!» tönte es in diesem Augenblick von der Straße herauf.

Der Kommissar stand vor dem Chinarestaurant und richtete sein Megaphon gegen ein Fenster im dritten Stock des gegenüberliegenden Hotels. «Seien Sie vernünftig, Griffith! Das Spiel ist aus, Sie haben verloren! Nehmen Sie die Hände hoch und kommen Sie langsam raus!»

Eine schwarze Katze balancierte über das Hoteldach. Der Kommissar schaute auf seine Uhr, und der Flipper sagte: «Los, ihr Hänger, spielt mit mir! Zeigt den anderen, wie gut ihr seid!»

«Ihr werdet ihn nicht bekommen, ihr Scheißbullen!» schrie eine Frau. Dann knallten ein paar Schüsse.

Ein Körper klatschte direkt vor den glänzenden Schuhen des Kommissars auf das Pflaster.

«McCormick, mein bester Mann!» knurrte er und

drückte dem Toten die Augen zu. Dann hob er die Hand.
Auf dem Dach des Chinarestaurants blitzte Mündungsfeuer auf.
Im Hotelzimmer versuchte der Mann mit den Hosenträgern die Frau vom Fenster zu drängen. «Ich werde uns den Weg zum Glück freischießen!» rief sie. Aber das Magazin war schon leer.
«Sei vernünftig!» schrie der Mann. «Wir kommen hier nicht mehr lebend . . .» Er erstarrte.
Der Junge tippte auf Paolos Uhr. «Das ist eine Fälschung!»
«Ich weiß, ich habe sie mir gerade deshalb gekauft.» Paolo wartete, bis der Mann in den Armen der Frau gestorben war, und fuhr dann lächelnd fort: «Nicht daß ich mir das Original nicht leisten könnte, aber heutzutage erlauben einem ja nur noch Imitationen, Individualist zu sein.»
Der Junge grinste. «Sie sind wohl ein Intellektueller, was?»
«Ich zerbreche mir gern den Kopf», antwortete Paolo und wandte sich zum Fernseher.
Neunzehn-Uhr-Nachrichten. Weltwirtschaftsgipfel in London, kein Fortschritt in Wien, blutige Wahlen auf Haiti, und der Schnelle Brüter im Rhônetal leckte weiter.
Der Büfettier brachte das Hähnchen.
«Die hat ihn so richtig in die Falle gelockt, was?» sagte der Junge.

Der Büfettier zuckte mit den Schultern.
«Mal probieren?» Der Junge schob Paolo den Teller hin.
Paolo schüttelte den Kopf und vertiefte sich wieder in seine Zeitung.
«Na, steht was Interessantes drin?» fragte der Junge nach einer Weile.
Paolo nickte. «Hier, ein aufschlußreiches Interview mit dem Sprecher des Moskauer Außenministeriums. Für ihn ist die juristische Rehabilitation von Bucharin, Rykow und anderen nur ...»
«Und was gibt es sonst noch?» unterbrach ihn der Junge.
«Die Geschwulst im Darm des amerikanischen Präsidenten ist gutartig. Wollen Sie mal sehen?»
«Ich interessiere mich nicht für Politik.»
Paolo blätterte weiter. «In Rom hat ein großer Hund ein kleines Kind aufgefressen.»
Der Junge riß dem Hähnchen den Schenkelknochen aus. «Pech gehabt!»
Paolo ließ die Zeitung sinken.
«Gefällt Ihnen mein T-Shirt?» fragte der Junge.
Paolo wandte sich ab. Das Fernsehen zeigte den Konferenztisch in London mit den Mineralwasserflaschen der Regierungschefs der führenden westlichen Industrienationen.
«Wissen Sie», der Junge entfaltete ein Erfrischungstuch und begann, seine Finger zu reinigen, «früher habe ich mir auch den Kopf zerbrochen und alles

in Frage gestellt. Aber was hat man davon? Je besser man Bescheid weiß, um so weniger Spaß macht das Leben. Man liegt mit einer Frau im Bett, und irgendein südkoreanischer Student übergießt sich mit Benzin. Schöne Scheiße!» Er warf das Erfrischungstuch zu den Hähnchenknochen und richtete den Kugelschreiber auf. «Gefällt sie Ihnen?»

«Ich mag keine Blondinen!» knurrte Paolo.

Der Büfettier räumte ab.

«Fragen Sie mich doch mal, ob es mir geschmeckt hat!» drängte der Junge.

«Hat's geschmeckt?»

«Beschissen!»

«Ich möchte noch einen Kaffee!» sagte Paolo und mit einem Blick zu dem Jungen: «Sie auch?»

Der Junge nickte und zeigte nach draußen. «Schöner Sonnenuntergang, was? Wo fahren Sie eigentlich hin?»

«Richtung Süden.» Paolo hatte seine Brille abgenommen und putzte sie mit einem weißen Taschentuch. «Und wohin wollen Sie?»

Der Junge lächelte. «In dieselbe Richtung!»

Paolo setzte seine Brille wieder auf und schaute den Jungen lange an.

«Los, ihr Hänger!» meldete sich wieder der Flipper. «Spielt mit mir! Zeigt den anderen, wie gut ihr seid!»

«Halt's Maul!» sagte der Junge.

«Du mußt ein bißchen nett zu mir sein!» antwortete der Flipper. «Ich bin sehr sensibel.»
Der Büfettier brachte den Kaffee, und die beiden Männer starrten lange in ihre Tassen, als ob sie die Zukunft darin lesen könnten.
«Skorpion», brach der Junge schließlich das Schweigen und hielt seinen Würfelzucker hoch. «Mein Sternzeichen.»
«Skorpion», murmelte Paolo und beugte sich über den Tisch. «Kennen Sie die Geschichte von dem Skorpion, der über den Nil will?»
Der Junge schüttelte den Kopf.
«Ein Skorpion stand am Nil und wollte ans andere Ufer. Da kam ein Fisch geschwommen und sagte: Steig auf meinen Rücken, ich werde dich hinübertragen! Der Skorpion zögerte. Und wenn du untertauchst? gab er zu bedenken. Und wenn du mich stichst? erwiderte der Fisch. Das leuchtete dem Skorpion ein.» Paolo holte tief Luft. «In der Mitte des Flusses stach der Skorpion zu.»
Der Junge lächelte. «Der Fisch ist ganz schön naiv gewesen.»
«Das heißt, keiner kommt gegen seine Natur an?» fragte Paolo lauernd.
Der Junge nickte. «Ein Skorpion ist ein Skorpion!»

Die Autobahn war leer. Nur an den Steigungen ballten sich die Laster zu düsteren Zügen zusammen.
«Gummibärchen?» fragte Paolo.
Der Junge hielt die Hand auf. «Ich heiße Angelo.»
«Paolo!» sagte Paolo. «Hast du kein Gepäck?»
Angelo zog einen Kamm aus der Hose.
Paolo wechselte auf die Überholspur. «Es wird immer früher dunkel, der Sommer ist vorbei.»
«Aber es ist immer noch warm.» Angelo kurbelte das Fenster herunter und lehnte sich zurück.
«Musik?» fragte Paolo.
Angelo nickte.
Paolo legte eine Cassette ein. Zu einer schmetternden Trompete sang eine Frau von aufgeknüpften Schwarzen, die an Pappeln baumeln.
Paolo lächelte. «Gut, nicht?» Er versuchte gerade, mit der Lichthupe einen Wagen von der Überholspur zu drängen.
Angelo tastete nach dem Haltegriff über der Tür. «Hast du es eilig?»
Paolo schüttelte den Kopf. «Nein, aber wenn ich einmal unterwegs bin, möchte ich, daß es vorangeht.»

Angelo beugte sich vor. «Schau mal, diese beiden Kaninchen! Warum kleben sich die Leute so was aufs Auto?»
«Weil sie vielleicht von einem Defizit ablenken wollen.»
Der Wagen vor ihnen blinkte und wechselte nach rechts. Eine Zeitlang fuhren die beiden Autos auf gleicher Höhe.
«Was gibt es zu grinsen?» fragte Paolo.
«Der Klasserammler sieht wie ein Arsch aus!» Angelo zog den kleinen Pinguin, der an einem Gummi am Innenspiegel baumelte, zu sich herab. «Kannst du dir vorstellen, daß so ein fetter Kerl auf dir liegt und versucht, dir seine belegte Zunge in den Mund zu schieben?»
«Wenn man ihn liebt!»
«Die Liebe!» Angelo ließ den Pinguin los. «Ich habe mich mal in eine Blonde mit Lederjacke verknallt. Sie war Mitglied in irgendeiner kommunistischen Partei. Aber das war mir scheißegal, und ich bin sogar auf eine 1. Mai-Demonstration gegangen, nur um sie zu sehen. So marschierte ich Arm in Arm mit ihr über den Ku'damm und sang ein Lied mit, das ich vorher noch nie gehört hatte.» Angelo hatte den Kugelschreiber aus der Hosentasche gezogen, schwenkte ihn wie einen Tambourstab und grölte: «Und links, zwei drei, und rechts, zwei drei, wo dein Platz, Genosse ...»
«Das ist das Solidaritätslied», unterbrach ihn Paolo.

«Genau, aber irgend etwas muß ich falsch gemacht haben. Ein paar ältere Männer hinter mir fühlten sich provoziert, und wenn die Blonde nicht eingegriffen hätte, wäre ich in einem Müllcontainer gelandet.» Angelo ließ den Badeanzug fallen. «Aber was tut man nicht alles aus Liebe! Ich bin sogar mal an einem Samstagvormittag mit einem Schild herumgelaufen, auf dem stand: Stell dir vor, es ist Krieg, und keiner geht hin! Zum Glück hat mich niemand gesehen, der mich kannte. Und trotzdem hat einer von deiner Sorte, der auf ihren Versammlungen immer das große Wort führte, das Rennen bei der Blonden gemacht. Plötzlich waren sie ein Paar.» Angelo warf den Kuli in die Mittelkonsole. «Ein Jahr später steige ich am Bahnhof Zoo aus der S-Bahn und dränge die Treppe runter. Gegen den Strom zieht ein Mann mit Brille einen Rollstuhl nach oben. Sie war von einem Wasserwerfer überrollt worden. Da habe ich doch eigentlich Glück gehabt, daß ich bei ihr kein Glück hatte!»

«Valerie würde ich im Rollstuhl um die ganze Welt schieben!» seufzte Paolo.

Angelo sah ihn an. «Die große Liebe, was?»

Paolo verließ die Überholspur. «Bei Valerie ist alles ganz anders als sonst.»

Angelo rückte näher. «Hast du ein Bild?»

Paolo holte seine Brieftasche aus dem Jackett und nahm ein Foto heraus. «Hier, das ist sie!»

Angelo beugte sich mit dem Foto zur Armaturenbeleuchtung vor.
«Ich habe sie im Mai auf Sardinien kennengelernt. An meinem letzten Urlaubstag. Die Sonne schien, das Meer war blau, alle hatten gute Laune, nur ich nicht, trotz meiner lustigen Luftmatratze. Der alte Maler aus Turin lachte mich aus. Professore, Sie sollten an so einem schönen Tag nicht an den Atomkrieg denken! Ich beobachtete sie schon seit einer Woche. Eines Morgens war sie da und saß an meinem Platz, wo ich mir aus Treibholz und einer alten Strohmatte ein Schattendach gebaut hatte . . . Hast du das gesehen? Ohne zu blinken! . . . Sie hatte die Matte weggeworfen und ihre bunten Sachen an den Stöcken aufgehängt. Sie lag auf dem Bauch, wippte mit dem Fuß und las ein dickes Buch. Mittags drehte sie sich auf den Rücken und hielt die Augen geschlossen. Nachmittags schwamm sie weit draußen zwischen den Booten. Alle Männer warteten darauf, daß etwas passierte, daß sie mal Feuer brauchte oder ihre Sachen weggeweht würden. Aber es war sieben Tage lang vollkommen windstill. Dann kam mein letzter Tag. Das Meer war aufgewühlt, die Wellen trugen Schaumkronen. Nur der alte Maler traute sich hinein, aber das Meer spuckte ihn gleich wieder aus. Endlich riß eine Bö ihr Kleid mit sich fort. Mehrere Männer sprangen auf und jagten hinterher. In diesem Augenblick hat sie sich zu mir umgedreht,

ihre Sonnenbrille abgenommen und gefragt, ob ich mit ihr essen gehe.»
«Nicht schlecht!» Angelo nickte anerkennend. «Und wie ging's weiter?»
«Scheißlaster!» knurrte Paolo. «Am nächsten Morgen mußte ich nach Hause.»
«Und dann?»
«Zwei Wochen später habe ich sie am Flughafen abgeholt.»
«Hat sie sich gefreut?»
Paolo seufzte. «Da war noch ein anderer Mann, der gegen die Scheibe vom Gepäckraum klopfte.»
«Schöne Scheiße! Aber der war bestimmt ganz nett, was?»
Paolo nickte. «Wir lasen gerade dasselbe Buch.»
«Und Valerie?»
«Hat jedem von uns einen Koffer in die Hand gedrückt.»
«Und dann?»
«Wir sind zusammen essen gegangen.»
«Hat's geschmeckt?»
«Beschissen!»
«Und dann?»
«Sie ist mit ihm gefahren. Aber in der Nacht schellte das Telefon, und sie kam am nächsten Morgen mit dem ersten Zug.»
«Und weiter?»
«Eine Zeitlang ging das so hin und her. Sie hat einen kleinen Sohn.»

«Auch das noch!»
«Sie hat gesagt, der Kleine müßte sich erst an mich gewöhnen.»
Angelo nickte. «Das braucht seine Zeit!»
«Wir sind mit dem Jungen in die Normandie gefahren.»
«Und wie war's?»
«Ich hätte nie gedacht, daß Kinder so anstrengend sind.»
Angelo lachte. «Der Kleine hat dich in die Flucht geschlagen, was?»
Paolo schüttelte den Kopf. «Ich liebe sie!»
«Natürlich! Und jetzt?»
«Sie hat gesagt, sie braucht ein bißchen Zeit für sich.»
Angelo lachte. «Den Satz kenne ich!» Er legte eine Hand auf Paolos Kopfstütze und hauchte: «Du, es ist zu eng zwischen uns geworden! Ich brauche ein bißchen Abstand, Zeit für mich, ohne Männer, verstehst du? Und du denkst, die zwei Wochen bringe ich auch noch allein hinter mich. Dann triffst du sie drei Tage später mit einem anderen Mann.»
«Aber nicht Valerie!» Paolo riß Angelo das Foto aus der Hand. «Auf Valerie kann ich mich verlassen!»
«Natürlich, Valerie ist ganz anders!» Angelo wandte sich zum Fenster und hielt die rechte Hand in den Fahrtwind. «Wenn es nicht so dunkel wäre, könnte man die Berge sehen.»

Paolo nickte.
Die Frau auf der Cassette sang von einem Mann, der sie schlecht behandelt, und trotzdem geht sie immer wieder zu ihm zurück.
«Selbst schuld!» sagte Angelo.
Paolo lächelte. «Mich hat mal in Patras eine Frau über einer Grillplatte für zwei Personen sitzenlassen.»
«Und was hast du gemacht?»
«Weitergegessen.»
«Du bist kein Kämpfer, was?»
Paolo schüttelte den Kopf. «Trotzdem habe ich fast alles bekommen.»
Angelo befühlte Paolos Jackett. «Der Anzug war sicher nicht billig.»
«Geh endlich rüber!» rief Paolo.
Sie fuhren durch eine Baustelle. Links blendete der Gegenverkehr, und von rechts drängte ein Tankwagen.
Angelo klammerte sich wieder an den Haltegriff.
«Was hat man eigentlich mit diesem Hund in Rom gemacht?»
«Sie haben ihn eingeschläfert.»
«Und das Kind?»
Paolo zuckte mit den Schultern.
«Hat er es ganz aufgefressen?»
«Angefressen, aufgefressen . . .» Die Baustelle war zu Ende, Paolo gab wieder Gas. «An der nächsten Raststätte muß ich mal telefonieren!»

«Mit Valerie?»
Paolo schwieg.
«Weiß sie, daß du weggefahren bist?»
«Nein!»
Angelo überlegte. «Ich würde jetzt auf gar keinen Fall anrufen. Die Frauen dürfen sich nie richtig sicher fühlen.»
Paolo warf ihm einen langen Blick zu.
Wieder sang die Frau auf der Cassette von einem Mann, der sie schlägt.
Angelo grinste. «Wie diese beiden, die mich heute nachmittag mitgenommen haben. Der Mann hat die ganze Zeit geschimpft, und die Frau hat den Mund gehalten.»
«Um was ging es denn?»
«Was weiß ich! Sie kamen gerade aus dem Urlaub, und es hat drei Wochen geregnet.»
Paolo seufzte. «Das ist schon bitter! Man arbeitet ein ganzes Jahr, und dann . . .»
«Trotzdem! Er hätte sie beinahe geschlagen!»
«Aber das eine hängt doch mit dem anderen zusammen.»
«Wir sind alle Opfer der Verhältnisse, was?» Angelo war laut geworden. «Und keiner ist für sich verantwortlich! Wenn ich dich auf dem nächsten Parkplatz mit dem Wagenheber totschlage und mit deinem Auto abhaue, erzähle ich vor Gericht etwas von den Grabsteinen vor meinem Kinderzimmerfenster. Mein Vater war nämlich so scharf aufs

Geld, daß er unseren Vorgarten als Ausstellungsfläche an einen Steinmetz ... Fahr mal langsamer! Da vorn ist was passiert.»
Paolo nahm den Fuß vom Gas.
Ein Polizeiwagen auf der Standspur ließ das Blaulicht kreisen.
Paolo zeigte aus dem Fenster. «Wie die Leitplanke aussieht!»
Angelo nickte. «Und dieses Auto! Wie aus der Schrottpresse, was?»
«Weiter! Weiter!» Ein Polizist schwenkte eine Taschenlampe.
Sie fuhren an einem Rettungswagen vorbei. Zwei Sanitäter redeten auf eine Frau ein, der das Haar in wilden Strähnen ins Gesicht hing. Sie drückte einen zerzausten Teddybär an die Brust.
Paolo holte tief Luft. «Was werden sie ihr wohl sagen? Daß das Leben weitergeht?»
«Ist doch auch so!»
«Ein Scheißtrost ist das! Mich würde dieser Satz provozieren.»
«Weißt du einen besseren?»
«Ich würde schweigen! Schweigen und sie in den Arm nehmen.» Paolo trat das Gaspedal durch und wechselte auf die Überholspur.
«Wieviel hast du für das Auto bezahlt?» fragte Angelo, während sie an einer Raststätte vorbeifuhren.
«Achttausend. Warum?»

«Nur so!»
Paolo zeigte nach vorn. «Schau mal, der Mond ist aufgegangen!»
Angelo stützte sich auf das Armaturenbrett. «Eigentlich müßte der Mond immer größer werden.»
«Warum?»
«Na, weil wir immer weiter drauf zu ...»
«... den kolumbianischen Anden ein Vulkan ausgebrochen. Durch die Hitze der Eruptionen ist der Schnee des Gipfels geschmolzen. Die Schlammlawine hat eine Kleinstadt unter sich begraben. Erste Meldungen sprechen von zwanzigtausend Toten.» Die Cassette war durchgelaufen, und automatisch hatte sich das Radio eingeschaltet.
«So viele Tote kann ich mir gar nicht vorstellen!» sagte Angelo.
Paolo nickte. «Mit einem kann man sich noch identifizieren!»

An einer Tankstelle saß eine Frau auf einem schwarzen Pappkoffer. Angelo beobachtete sie aus dem Seitenfenster. Ihre dunklen Haare hatte sie mit einem Gummi zu einem Turm aufgerichtet. Die kurzen Ärmel der weißen Bluse waren bis über die Schultergelenke aufgekrempelt. Sie trug schwarze Jeans und weiße Sandaletten, die an den Zehen ausgeschnitten waren, so daß man ihre lackierten Fußnägel sehen konnte, die dieselbe Farbe hatten wie der Coca-Cola-Automat, an dem sie lehnte.
Angelo zeigte auf ihre gezackten Ohrringe. «Die sind elektrisch geladen, was?»
Die Frau nickte. «Wenn du sie anfaßt, bekommst du einen Schlag!»
Angelo zeigte auf den vollgestopften Koffer, den ein Ledergürtel mit einem Löwenkopf zusammenhielt. «Du warst schon mal in New York?»
Die Frau nickte.
«Ich auch! Ich mußte auf dem John F. Kennedy Airport einem Mann mit Sonnenbrille ein braunes Kuvert übergeben.»
«Und was war da drin? Heroin?»
Angelo lachte. «Sehe ich wie ein Dealer aus?»

Die Frau schüttelte den Kopf. «Nein, wie ein italienischer Eismann.»
Angelo klappte die Sonnenblende herunter, schaute in den Schminkspiegel und fuhr sich mit den Händen durch seine schwarzen Locken.
«Und was war wirklich drin in deinem Kuvert?» drängte die Frau.
Angelo klappte die Blende wieder hoch. «Fotos von einem Pferderennen.»
«Ach so!» Die Frau gähnte.
«Der Job wurde aber gut bezahlt, und ich hatte drei Stunden Zeit zwischen den Flügen.»
Die Frau lächelte. «Und was hast du solange gemacht in Amerika?»
«Ich bin mit der U-Bahn nach Manhattan gefahren und irgendwo ausgestiegen. Oben war ein Drahtkäfig, in dem spielten Schwarze Basketball. Ich habe ihnen ein paar Minuten zugeschaut. Dabei bin ich mit einem Mann ins Gespräch gekommen. Er wollte Geld für seine kranke Frau. Die hatte hundert Gallensteine im Bauch. Ein gutes Dutzend war schon entfernt worden. Der Mann trug sie in einem Kästchen immer bei sich. Ich gab ihm ein paar Dollar, und er schenkte mir einen Gallenstein. Das bringt Glück! sagte er. Aber den Gallenstein haben sie mir am Zoll wieder abgenommen, weil sie dachten, es ist Shit.»
Die Frau war aufgestanden und hatte ein schwarzes Notizbuch aus dem Koffer gekramt. «Hast du

was zu schreiben?» fragte sie, als Angelo mit seiner Geschichte fertig war.
Angelo warf ihr den Kugelschreiber mit der Blondine zu.
Die Frau richtete den Stift auf und senkte ihn, richtete ihn wieder auf und senkte ihn wieder. Dann schaute sie Angelo an.
«Er gehört ihm!» Angelo zeigte über die Schulter auf Paolo, der sich mit dem Tankwart unterhielt.
«Dein großer Bruder?»
Angelo lachte. «Ein Intellektueller auf der Durchreise.»
Die Frau begann zu schreiben.
«Ein Tagebuch?»
Sie gab keine Antwort.
Angelo legte den Kopf zurück und schloß die Augen. «Sonntagabend, schon bald halb zehn. Die Mücken tanzen. Ich habe einen netten jungen Mann kennengelernt. Der Süden lockt.»
Die Frau stand auf und gab den Kugelschreiber zurück.
Angelo schnupperte. «Maiglöckchen?»
Die Frau schüttelte den Kopf.
«Oleander?»
«Opium! Und jetzt kannst du meine Hand wieder loslassen!»
In diesem Moment riß Paolo die Fahrertür auf. Er starrte die Frau am Fenster an, dann Angelo, dann den Zündschlüssel.

Angelo grinste. «Traust du mir nicht?»
Wortlos ging Paolo zur Kasse.
Als er zurückkam, wollte Angelo gerade den schwarzen Koffer in den Fond laden. «Sie hat eine tätowierte Rose am Oberarm», erzählte er aufgeregt, «und riecht nach Opium!»
«Sie hat mich nicht gefragt, ob ich sie mitnehmen will!» fuhr ihn Paolo an und stieg in den Wagen.
Die Frau griff nach ihrem Koffer.
«Moment!» sagte Angelo. «Paolo hat es nicht so gemeint, es ist sein Auto.» Er riß die Beifahrertür auf. «Wir können sie doch nicht mitten in der Nacht hier stehen lassen, wo lauter komische Männer unterwegs sind.»
Paolo entriegelte die hintere Tür und startete den Motor.
Während sie aus dem Licht der Station rollten, wandte sich Angelo nach hinten und grinste.
«Was ist?» fragte die Frau.
«Nichts!» Angelo drehte sich wieder nach vorn.
«Musik?» fragte Paolo mit einem Blick in den Rückspiegel.
Die Frau nickte und zündete sich eine Zigarette an.
Paolo schaltete das Radio ein und schaute wieder in den Rückspiegel. Immer wenn die Frau an ihrer Zigarette zog, leuchtete ihr Gesicht auf. «Sie waren schon mal in New York?»
Die Frau nickte.
«Wissen Sie, was mir an den USA am besten gefal-

len hat? Daß man immer nur für eine Tasse Kaffee bezahlen muß und sich dann umsonst nachschenken lassen kann, so oft man will.»

Die Frau lächelte.

«Ich war damals mit einer Freundin drüben», fuhr Paolo fort. «Wir wollten von New York aus ein Auto in den Westen überführen. Aber es gab keinen Wagen nach Kalifornien, nur einen Golf nach Denver, einen Cadillac nach Miami und einen Ford Mustang nach Dallas. Der Termin für den Golf lag ungünstig, und Miami war die falsche Richtung. Blieb also Dallas.»

«Und weiter?» drängte Angelo.

«Wir haben den Wagen in New Jersey bei einer Frau mit sechsunddreißig Katzen abgeholt und vier Tage später in Denton, in der Nähe von Dallas, wieder abgegeben.»

«Und weiter?»

«Nichts weiter! Wir sind den ganzen Tag gefahren und haben uns über einen Roman gestritten, den sie gerade las. Eine ziemlich komplizierte Liebesgeschichte. Der Mann in dem Roman wollte keine Verantwortung übernehmen, er wollte nur Sex. Und diese Haltung warf sie mir ständig vor. Dabei fand ich diesen Mann auch zum Kotzen, weil er beim Vögeln solche Sätze losließ wie: Jede Frau ist für mich wie ein neuer Kontinent! Abends haben wir immer in irgendeinem Schnellimbiß gegessen und dann im Motel ferngesehen.» Paolo lächelte.

«An einen Film kann ich mich noch gut erinnern, eine unglaublich blöde Komödie! Auf einer Kreuzfahrt bekommt eine attraktive Mathematikprofessorin wegen ihrer Brille und ihrer klugen Bemerkungen keinen Kontakt zu den Männern. Ihre Freundin, die viel Kontakt hat, rät ihr, zum Ball des Kapitäns die Brille in der Kabine zu lassen und zu lispeln. Ein Galerist aus Boston tanzt den ganzen Abend mit ihr und ist total hingerissen, bekennt aber, daß er eigentlich mehr für intelligente Frauen schwärmt. Da sagt die Professorin aus dem Kopf auf, welchen Umfang der Mond hat und bei wieviel Grad Wasser kocht. Ist das nicht komisch?»
Die Frau nickte. «Das ist sehr komisch!»
«Weiter zur Westküste sind wir getrampt. Erst standen wir vierundzwanzig Stunden in Fort Worth, dann hat uns ein Truck die ganze lange Strecke bis Los Angeles mitgenommen. Der Fahrer hatte es so eilig, daß uns keine Zeit blieb, zur Toilette zu gehen.»
«Und wie habt ihr es gemacht?» fragte Angelo.
Paolo gab keine Antwort.
Angelo faßte ihn ans Ohrläppchen. «Weißt du, daß ihre Ohrringe elektrisch geladen sind?»
Paolo zog den Kopf weg.
Angelo drehte sich nach hinten. «Paolo läßt sich nicht gern anfassen, er ist verliebt! Er hat sie bei einem Wettrennen am Strand gewonnen. Los, Paolo, zeig ihr mal das Foto!»

Paolo reagierte nicht.
Angelo drehte sich wieder nach hinten. «Keine von diesen Frauen, die immer so aussehen, als ob sie gerade vom Friseur kommen. Mit Valerie kannst du Werbung für italienische Schuhe machen.» Er senkte seine Stimme. «Wahrscheinlich ist sie aus Mitleid mit ihm zusammen. Man sieht ja oft solche Paare. Vielleicht wollen sich die Frauen für ihre unverdiente Schönheit bestrafen!»
«Vielleicht?» seufzte die Frau.
Paolo schaute in den Rückspiegel. «Wo wollen Sie eigentlich hin?»
«Weg hier!»
Angelo zeigte auf den Koffer. «Du hast eine Bank überfallen, was?»
«Mein Koffer scheint es dir angetan zu haben.»
Angelo nickte. «Ich bin nun mal schrecklich neugierig.»
Paolo schaute in den Rückspiegel. «Angelo hatte keine leichte Kindheit, müssen Sie wissen, vor seinem Kinderzimmerfenster standen Grabsteine. Sie können sich vorstellen, was das für die frühkindliche Entwicklung bedeutet!»
Die Frau nickte. «Unter meinem Kinderzimmerfenster war die Küche eines Restaurants, und durch ein Oberlicht konnte ich die Köchin hören, wenn sie beim Tranchieren der Truthähne sang: Ich will keine Schokolade, ich will lieber einen Mann!»
Sie lachten.

«Und was war vor deinem Kinderzimmerfenster, Paolo», fragte Angelo, «oder bist du direkt mit Anzug und Brille auf die Welt gekommen?»
Paolo verließ die Überholspur. «Vor meinem Kinderzimmerfenster war ein Dachgarten, ganz viel Weinlaub und Blumen in Tontöpfen. Und im Sommer lasen sich mein Vater und Mama gegenseitig aus ihren Zeitungen vor.»
«Aber das ist ja überhaupt nicht lustig!» Enttäuscht drehte sich Angelo nach hinten. «Warst du mal verheiratet?»
«Wie kommst du denn darauf?»
«Na, der verfärbte Schneidezahn!»
«Ach, damit bin ich an die Kante eines Swimmingpools gestoßen.»
«In New York?»
«Nein, auf Sri Lanka.»
Angelo zeigte auf den Koffer. «Und der Löwe?»
«Kommt aus Ghana.»
«Eine weitgereiste Dame! Und wie heißt du?»
«Rate mal!»
Angelo überlegte.
«Ich glaube, Sie heißen Rosa», sagte Paolo.
Angelo fuhr herum. «Stimmt das?»
Die Frau nickte.
«Natürlich, die tätowierte Rose!» Angelo faßte sich an den Kopf. «Und wo kommst du her?»
«Du bist wirklich sehr neugierig, Angelo! Ich komme aus Salzburg.»

«Eine Rose aus Salzburg! Wie gefällt dir das, Paolo?»
«Klingt wie der Titel eines Boulevardstücks. Erster Akt, ein Salon um die Jahrhundertwende. Eine Palme, ein Chaiselongue, eine Kopie des Apoll vom Belvedere, drei Türen, ein Wintergarten und ein Käfig mit einem grünen Papagei. Es tritt auf, ganz in Schwarz mit einer weißen Schürze, Jeanette, das Dienstmädchen, und sagt...»
«Ich würde jetzt nicht überholen, Paolo, ein Laster ist neben dir!» unterbrach ihn Angelo.
Paolo riß den Wagen auf die rechte Spur zurück.
«Du solltest öfter in den Rückspiegel sehen!»
«Das tue ich doch die ganze Zeit!»
Angelo grinste. «Du redest zuviel, die Lastwagenfahrer hinter dir werden langsam ungeduldig!»
«Ich kann auch schweigen», knurrte Paolo und drehte das Radio lauter.
«... stehe auf der Treppe der kleinen Friedhofskapelle, dem einzigen Gebäude der Stadt, das die Schlammlawine verschont hat. Was sich meinen Augen darbietet, ist kaum zu beschreiben. Ein Bild apokalyptischen...»
Angelo streckte eine Hand nach dem Radio aus.
«Müssen wir uns unbedingt den Abend verderben?»
«Laß das!» befahl Paolo.
Angelo zog seine Hand zurück.
«... wie bei einem Milchtopf, den man auf dem

Herd vergessen hat, ist die Schneehaube des Nevado Santa Lucía übergekocht und in Sekundenschnelle als meterhohe Flutwelle über Aguada hinweggefegt, während die Einwohner friedlich in ihren Betten lagen. Diese giftige Brühe aus Schlamm und Schwefeldampf hat den Ort wie eine Schokoladensoße überzogen, die Häuser bis zu den Dächern zugedeckt und die Bewohner langsam erstickt, wenn sie nicht das traurige Glück hatten, von dem Trümmerregen erschlagen zu werden, der wie ein Trommelwirbel das Inferno ankündigte. Jetzt ist es in diesem ehemals blühenden Tal so still wie auf dem Friedhof hier oben. Die Lawine ist zur Ruhe gekommen.» Der Korrespondent holte tief Luft. «Was haben diese Menschen nur getan, fragt man sich, daß sie einem solch schrecklichen Strafgericht anheimfallen mußten? Am Anfang war das Licht! steht in Schönschrift auf einer Schultafel, die unweit vor mir aus dem Schlamm ragt. Aber hier scheint es nie mehr hell werden zu wollen. Die Sonne hat sich hinter einem Vorhang aus Rauch versteckt. Und eigentlich kann dieser Rauch gar nicht dick genug sein, um all das Grauen zu verbergen, das sich dem Beobachter bietet. Hier fängt der Gläubige an zu zweifeln, und der Zweifler wird verrückt. Aber es gibt noch Hoffnung in diesem Tal des Todes: Evita, ein elfjähriges Mädchen, das, zwischen Betonplatten eingeklemmt, bis zum Kinn in einem Schlammloch

steckt und auf seine Rettung wartet.» Der Bericht war zu Ende, es ging weiter mit Popmusik.
«Das arme Mädchen!» seufzte Rosa.
Paolo nickte. «Wie wird sie sich wohl fühlen?»
«Wir können uns ja auf den Weg machen und sie retten!» schlug Angelo vor.
Paolo schaute ihn erstaunt an. «Wie soll das gehen?»
Angelo grinste. «Genau, es geht nicht! Und deshalb interessiert mich dieses Mädchen auch nicht!»
Er wandte sich an Rosa. «Wenn in der U-Bahn ein Typ eine Frau belästigt . . .»
«Sei mal still!» unterbrach ihn Paolo und schaltete das Radio aus. «Hört ihr das?»
Aus dem Motor kam ein mahlendes Geräusch.

Die nächste Tankstelle mit Pannenservice stand auf einer Anhöhe. Sie fuhren über ein Kabel. Eine Glocke schellte, aber niemand kam. Sie stiegen aus. Paolo öffnete die Motorhaube, Rosa reckte sich, und Angelo ging in den kleinen Laden. Auf dem grünen Schreibtisch, direkt gegenüber der Tür, stand die Kasse. Daneben brodelte eine Kaffeemaschine. An der Wand hingen Regale mit Autozubehör, Süßigkeiten und Getränken. Angelo nahm einen Schokoriegel und warf sich in den Drehstuhl hinter dem Schreibtisch. Die Schubladen ließen sich nicht öffnen, der Kassenschlüssel war abgezogen. Angelo nahm eine Streichholzschachtel in die Hand: GIB AIDS KEINE CHANCE! Er legte sie wieder zurück, denn er hatte die vier Monitore entdeckt, die über den Verkaufsregalen montiert waren. Auf ihnen ließ sich die ganze Tankstelle überblicken: Die Zapfsäulen und Paolos Auto, dessen Motorhaube wieder geschlossen war, die Montagehalle und der Set für Luft und Wasser, und der Bereich vor dem Büro mit dem Ständer für Musikcassetten, den Paolo gerade drehte. Auf dem vierten Monitor lief ein Fernsehprogramm, noch dreißig Sekunden bis zu den Dreiundzwanzig-Uhr-Nachrichten.

Schritte ließen Angelo herumfahren. «Ach, du bist es, Paolo!»
«Wo der Tankwart wohl steckt?»
Angelo zeigte auf den zweiten Monitor, auf dem Rosa zu sehen war, die gerade an einer Tür rüttelte.
«Der ist bestimmt beim Scheißen eingeschlafen!»
Jetzt verschwand Rosa in der Montagehalle.
«Was ist mit dem Geräusch? Hast du was gefunden?»
Paolo schüttelte den Kopf. «Wir fahren weiter!»
«Gerade jetzt, wo das Programm so schön ist?»
Angelo nahm sich Kaffee.
«Du kannst dich hier nicht einfach selbst bedienen!» fuhr ihn Paolo an.
Angelo lächelte.
Rosa war wieder aus der Montagehalle herausgekommen. Sie trat hinter eine Abfalltonne und blickte sich nach allen Seiten um.
«Schau mal, da ist der Vulkan!» Paolo zeigte auf den vierten Monitor.
Aber Angelo reagierte nicht, gebannt starrte er auf den zweiten Monitor. Rosa knöpfte gerade ihre Hose auf, und nun hockte sie sich hinter die Abfalltonne.
Ein Hubschrauber überflog das Katastrophengebiet. Man konnte nicht viel erkennen. Jetzt ging der Hubschrauber tiefer, und man sah eine Art Tümpel, den eine Handvoll Männer umstand. Sie winkten aufgeregt. Aber der Hubschrauber drehte

ab, und nun ging es nach London zum Weltwirtschaftsgifel, wo man sich immer noch nicht auf ein gemeinsames Abschlußkommuniqué geeinigt hatte.
«Mach das aus!» Paolo zeigte auf den zweiten Monitor. «Rosa weiß nicht, daß wir sie beobachten können.»
«Um so besser, Paolo! Wenn sie es wüßte, würde sie sich nicht so natürlich vor der Kamera bewegen.»
Mit ihren dunklen Augen schaute Rosa sie direkt an.
«Diese Nase!» seufzte Angelo. «Ist das etruskisch?»
«Mach das aus!»
«Warum regst du dich so auf? Ob wir Rosa beim Pinkeln zuschauen oder diesem Mädchen beim Sterben, ist doch eigentlich dasselbe! Und überhaupt, wir haben diese Monitore doch nicht angestellt. Ich weiß nicht einmal, wie sie ausgehen, oder siehst du irgendwo einen Knopf? Und so schlimm ist es doch nicht, man kann ja gar nichts sehen! Außerdem ist sie schon fertig.»
Rosa war aufgestanden.
«Wie sie sich die Hose zuknöpft, Paolo, als ob sie es nur für uns tun würde!»
«Sei endlich still!»
Angelo goß sich Kaffee nach. «Wie in New York, was?»

Rosa war zum Wagen zurückgegangen.
«Wie sie da steht, Paolo! Ich höre ihr Herz bis hierhin schlagen. Es schlägt für uns, hörst du es auch?»
Paolo gab keine Antwort.
«Ach, Paolo, du bist viel zu rational. Überlaß dich doch mal deiner Phantasie! Ich erlebe ständig die verrücktesten Sachen. Ich gehe spazieren und denke, eine schöne Frau im Pelzmantel verfolgt mich. Ich drehe mich um, da ist es ein Lama vom Zirkus . . .»
Über ihnen hatte die Glocke zu läuten begonnen, Rosa tanzte auf dem Kabel.
«Klingt wie Tutti frutti, was? Du müßtest das doch wissen, Paolo! War das damals nicht deine große Zeit?»
Paolo griff in sein Jackett. «Lang, kurz, kurz, kurz, lang . . . In meinem Terminkalender steht das Morsealphabet.»
Rosa war immer schneller geworden, aber plötzlich verstummte die Glocke.
Erschrocken zeigte Angelo auf den zweiten Monitor. Eine gefleckte Dogge trottete aus der Waschanlage.
«Du mußt ihr helfen, Paolo! Ich habe schreckliche Angst vor Hunden!»
Aber die Dogge senkte ihren Kopf und schnüffelte an Rosas Knien. Und als Rosa sie zu streicheln begann, ließ sie sich auf ihre Hinterläufe nieder.

«Dieser Hund kommt direkt zur Sache!» seufzte Angelo. «Da kann man wieder mal sehen, wieviel Natürlichkeit einem durch die Sozialisation ausgetrieben worden ist. Einfach mal zu einer Frau hingehen, die einem gefällt, und sagen: Hier bin ich, hab mich bitte lieb! Wünschst du dir das nicht auch manchmal?»

«Ganz schön zwanghaft!» murmelte Paolo, während er seinen Terminkalender wieder einsteckte und sich zur Tür wandte.

«Und was ist mit der Cassette?» rief ihm Angelo hinterher.

Paolo blieb stehen. «Welche Cassette?»

Angelo zeigte auf den dritten Monitor.

Paolo zuckte mit den Schultern. «Ich weiß nicht, was du meinst.»

Angelo kam hinter dem Schreibtisch hervor und streckte eine Hand aus. «Los, die Cassette!»

Paolo lachte heiser. «Du bist doch verrückt! Meinst du, ich habe es nötig, eine Cassette zu klauen?» Damit wandte er sich wieder zur Tür.

Aber Angelo hielt ihn am Jackett fest, griff blitzschnell hinein und hielt eine Cassette hoch. «Sexy Summer, zwanzig Hits zum Träumen? Ich dachte, du hättest einen besseren Geschmack!»

«Es gab nichts anderes.»

«Aber warum hast du die Cassette überhaupt geklaut, wenn sie dir nicht gefällt?»

«Nur so!»

«Nur so, Paolo?» Angelo hatte begonnen, das Preisschild von der Cassette abzuziehen, das einer Frau im kurzen Tüllkleid auf den weißen Slip geklebt war, die sich über eine Mauer beugte, um einen Esel zu streicheln. «Sexy Summer», brummte er dabei ein paarmal und raunzte dann mit tiefer Stimme: «Der Sand war heiß. Die Gitarren sangen von der Liebe. Der Wein funkelte so rot wie Blut, und der Wind flüsterte unaufhörlich: Valerie, Valerie . . .»

Paolo wollte sich auf ihn stürzen, aber Angelo flüchtete hinter die Kasse und grinste. «Ich weiß, was jetzt kommt! Du willst den multinationalen Konzernen eins auswischen, was?»

«Die Cassette!» flüsterte Paolo.

«Paolo, der Rächer der Besitzlosen!»

«Die Cassette!»

«Du klaust eine Cassette, und schon fallen an der Wall Street die Kurse . . .»

«Du gibst mir sofort die Cassette, sonst . . .»

«Sonst was?»

Paolo holte tief Luft. «Der Imperialismus . . .»

«Natürlich, der Imperialismus ist an allem schuld! Bestimmt auch an dem Geräusch in deinem Motor!»

«Mach dich ruhig lustig über mich! Ich weiß, Solidarität ist nicht mehr modern!»

«Solidarität?» wiederholte Angelo, als ob er das Wort zum erstenmal gehört hätte. «Was ist das

denn? Wenn man auf der Straße eine Resolution unterschreibt, daß irgendwelche südafrikanischen Schwarzen, die nichts getan haben, aber trotzdem gehängt werden sollen, nicht gehängt werden sollen, aber trotzdem gehängt werden?»
Paolo nickte. «Deine Generation hat keine Lust auf Verantwortung. Ihr wollt einfach nur Spaß! Die Intellektuellen sollen ihr Maul halten, sie stören die Party!»
Angelo grinste. «Aber du siehst doch so aus, als ob du zu einer Party ...»
«Auch wenn ich nicht so aussehe, schlägt mein Herz immer noch für die Unterdrückten!»
«Und was haben die Unterdrückten davon?» Angelo fuchtelte mit der Cassette vor Paolos Gesicht herum. «Ich will dir sagen, warum du diese Scheiße hier geklaut hast!»
Er paßte einen Moment nicht auf, und schon hatte ihn Paolo am Hemd gepackt und zog ihn über den Kassentisch. «Warum denn?»
«Nicht als Beitrag zum antiimperialistischen Befreiungskampf», keuchte Angelo mit hochrotem Kopf, «sondern weil du einfach das Gefühl hast, im Leben zu kurz zu kommen!»
Paolo holte mit der freien Hand aus.
«Rosa will weg!» schrie Angelo.
Paolo fuhr herum. Draußen stand ein dunkelblauer Wagen. Ein bärtiger Mann im grauen Anzug streichelte die Dogge und redete auf Rosa ein.

Angelo stürzte nach draußen. «Hat er dich belästigt?» fragte er aufgeregt und fuhr, ohne eine Antwort abzuwarten, den Mann an: «Lassen Sie Rosa in Ruhe!»
Der Mann verschränkte die Arme vor der Brust.
«Ich wollte sie nur ein Stück mitnehmen. Sie beide waren ja dabei, sich gegenseitig die Köpfe einzuschlagen.»
«Und da kommen Sie als lachender Dritter gerade richtig, was!»
«Ich wollte Rosa nur einen Gefallen tun, junger Mann.»
«Wer hat Ihnen erlaubt, sie Rosa zu nennen?»
«Ich habe es eilig!» wandte sich der Mann an Rosa.
«Überlegen Sie sich mein Angebot! Ich bin Gynäkologe und seit zwanzig Jahren glücklich verheiratet.»
«Gynäkologe!» höhnte Angelo. «Ich habe mir schon so was gedacht. Ich kann dich nur warnen, Rosa! Warum findet einer Gefallen daran, allen möglichen Frauen den Unterleib abzutasten? Da stimmt doch was nicht! Würde dir so was Spaß machen, Paolo?»
Paolo, der sich die ganze Zeit im Hintergrund gehalten hatte, zuckte bei Angelos Frage zusammen und beeilte sich, den Kopf zu schütteln.
«Wissen Sie, wie Sie aussehen?» Angelo machte einen Schritt auf den Mann zu. «Wie ein Heiratsschwindler, und der Bart ist sicher nur angeklebt!» Er zog daran.

Der Mann gab ihm eine Ohrfeige.
«Siehst du», fuhr Angelo Rosa an, «jetzt bröckelt die Fassade! Er wird gewalttätig.»
Rosa faßte Angelo am Arm. «Triebtäter sehen wirklich anders aus.»
«Aber in jedem Mann steckt doch ein Vergewaltiger!»
Rosa lächelte. «Das stimmt natürlich, aber du bist eine Ausnahme, Angelo!»
Inzwischen war der Mann kopfschüttelnd in sein Auto gestiegen.
«Moment!» rief ihm Paolo hinterher und trat an das Seitenfenster. «Sie sind Arzt?»
Der Mann nickte.
«Haben Sie von diesem Mädchen in Kolumbien gehört?»
«Ja, in den Nachrichten.»
«Glauben Sie, daß sie eine Chance hat?»
«Sie muß so schnell wie möglich aus diesem Schlammloch heraus! Wer weiß, was für ätzendes Zeug in der Brühe schwimmt ...»
«Wieviel Zeit geben Sie ihr noch?»
«Das ist schwer zu sagen.»
«Ungefähr!»
Der Mann überlegte.
«Drei Tage?»
Der Mann schüttelte den Kopf. «Da spielen viele Faktoren eine Rolle. Konstitution, Art der Verletzungen, äußere Einflüsse ...» Er startete den Mo-

tor. «Achtundvierzig Stunden vielleicht, eher weniger!» Er lächelte Rosa noch einmal zu, kurbelte das Fenster hoch und fuhr los.
Die drei stiegen in Paolos Auto.
«Du wolltest uns wirklich verlassen?» fragte Angelo nach einer Weile.
Rosa nickte. «Wir sind noch keine zwei Stunden unterwegs, und schon bringt ihr euch gegenseitig um!»
«Aber doch nicht wegen dir!»
Rosa wurde unsicher. «Nein?»
«Es ging um philosophische Fragen. Um den Eigentumsbegriff, nicht wahr, Paolo?» Angelo zog die gestohlene Cassette aus der Hosentasche und legte sie ein.
Paolo schaltete den Recorder wieder aus.
«Laß doch die Musik», bat Rosa, «ich mag diese alten Songs!»
Angelo nickte. «Dabei hat Paolo die Cassette extra für dich an der Tankstelle gestohlen, und jetzt schämt er sich.»
Rosa stützte ihre Arme auf die Vordersitze. Das Licht der Armaturenbeleuchtung fiel auf sie, und Angelo konnte aus allernächster Nähe die tätowierte Rose betrachten. «Stimmt das, Paolo?»
Paolo schwieg.
«Und ich wäre beinahe mit dem Gynäkologen gefahren!»
«Vielleicht wärst du jetzt schon tot!» sagte Angelo

ernst. «Hast du gesehen, wie er den Hund gestreichelt hat?»

Rosa lehnte sich zurück und atmete tief durch.

Angelo drehte sich zu ihr um. «Was war das eigentlich für ein Song auf dem Kabel?»

«Eine Mazurka von Chopin.»

Angelo faßte sich an den Kopf. «Und ich dachte, es wäre Tutti frutti.»

Rosa lachte. «Und was hast du geraten, Paolo?»

«Er hat im Morsealphabet nachgeschaut», antwortete Angelo.

«Und was ist dabei herausgekommen, Paolo?»

«Immer dieselben drei Buchstaben, erst B, dann M und dann wieder B.»

«BMB?» wiederholte Rosa. «Vielleicht eine Abkürzung!»

«BMB?» murmelte Angelo, «BMB?» Er schloß die Augen und dachte nach.

Es begann leicht zu regnen. Paolo ließ ein paarmal die Scheibenwischer schlagen.

«Ich hab's!» rief Angelo plötzlich. «Be my Baby!»

Rosa zündete sich eine Zigarette an. «Was gab es eigentlich Interessantes in dem Tankstellenladen zu sehen, daß ihr euch da so lange aufgehalten habt?»

Paolo seufzte. «Das Fernsehen hat erste Bilder von der Vulkankatastrophe in Kolumbien gezeigt. Der Gipfel des Berges ist weggeflogen. Dabei wollte man vor einem Jahr dort oben noch einen Skilift bauen. Kannst du dir das vorstellen?»

«Einen Skilift?» Rosa verfolgte mit dem Zeigefinger einen Wassertropfen, der am Fenster hinunterrann.
«Einen Skilift!» sagte Paolo mit Nachdruck.
Angelo stieß ihn an. «Aber als die Dogge aus der Montagehalle kam, ist uns fast das Herz stehengeblieben, nicht, Paolo?»
«Aus der Montagehalle?» wiederholte Rosa.
Paolo blickte in den Rückspiegel. «Dieses Schlammloch sieht aus der Luft gar nicht so schrecklich aus. Aber drum herum liegen ganz viele ...»
«Wie konntet ihr in die Montagehalle hineinsehen», unterbrach ihn Rosa, «obwohl ihr in dem Laden wart?»
Die beiden Männer schwiegen und starrten angestrengt nach vorn, wo die Wischer tote Fliegen über die Windschutzscheibe schmierten.
«War da ein Spiegel oder so was?»
Eine Zeitlang hörte man nur das Schlagen der Scheibenwischer.
«Ich warte!»
Paolo holte tief Luft. «Ob es in den Anden auch regnet?»

An der Grenze war wenig Betrieb. Ein halbes Dutzend Autos wartete vor der Zollstation, während der Korrespondent aus Kolumbien berichtete, daß sich die Rettung des kleinen Mädchens doch viel schwieriger gestalten würde, als man zunächst angenommen hatte. Dafür versprach er aber ein Live-Interview, und bis dahin ging es weiter mit Musik.

«Auf das Interview bin ich gespannt!» Paolo fuhr ein paar Meter vor. «Was wird sie wohl sagen?»

Angelo hob seine Rechte und winkte. «Ich grüße alle, die mich ...» Er brach ab, als er Paolos Blick sah.

Rosa gähnte. «Ich verstehe das gar nicht. Warum können diese Journalisten nicht mal alle zusammen kräftig anfassen und das Mädchen rausziehen?»

«Du hast es doch eben gehört», erklärte Paolo. «Das Grundwasser sickert immer wieder nach. Ohne Pumpe läuft da nichts!»

Die beiden Zöllner hatten den Kombi vor ihnen herausgewunken und ließen den Fahrer auspacken. Paolo schaltete den Motor aus. «Das kann ja noch lange dauern!»

«Hup doch mal!» schlug Angelo vor. «Die beiden sollen sich ein bißchen beeilen!»
«Bist du verrückt? Wenn wir sie provozieren, nehmen sie meinen Wagen auch auseinander.»
Angelo grinste. «Hast du was zu verbergen, vielleicht eine Leiche im Kofferraum? Schau mal, Rosa, wie dieser junge Zöllner der Frau mit dem Baby auf den Hintern starrt.»
Rosa nickte. «Und der andere untersucht tatsächlich jede Windel.»
«Der ist bestimmt Fetischist! Das sieht man doch schon an den Lederhandschuhen.»
Paolo nahm seine Brille ab und rieb sich die Augen. «Vielleicht hat er eine Verletzung.»
Rosa gähnte. «Ach was, Paolo! Der möchte sich einfach nicht schmutzig machen.»
«Soll ich mal hupen?»
Paolo schob Angelos Hand weg. »Vielleicht ist irgendein hohes Tier ermordet worden.»
Rosa kam nach vorn. «Dann suchen sie hier bei den Falschen, Terroristen haben keine Kinder!»
Angelo nickte. «Könnt ihr euch vorstellen, daß ich mal eine Terroristin getroffen habe? Ehrlich, an einer Telefonzelle. Sie trug eine Perücke und sah eigentlich gar nicht so übel aus. Und was habe ich gemacht? Ich habe ihr die Tür aufgehalten. Das war alles, ein verschwitzter Telefonhörer und ein Hauch Parfum. Drei Wochen später wurde sie in einem Waschsalon erschossen.» Angelo atmete tief

durch. «Ich hätte nicht erwartet, daß Terroristinnen Parfum benutzen. Warum soll sich eine attraktive Frau überhaupt auf so was einlassen? Die einen sind schön, und die anderen wollen die Welt verändern.»
Paolo lachte. «Wenn diese Theorie stimmen würde, müßtest du einer der meistgesuchten Terroristen der Welt sein!»
Angelo winkte ab. «Ich bin auch nicht mit allem einverstanden, und eigentlich habe ich gar nichts gegen den Sozialismus. Mir macht es nichts aus, immer die gleiche Wurst zu essen, wenn es allen besser geht. Aber was habe ich davon, wenn ich tot bin? Und der Kapitalismus hat auch seine guten Seiten, wenn man auf der richtigen Seite steht. Und solange das so ist, Paolo, gehöre ich lieber zu den Gewinnern.»
«Aber warum hast du die Terroristin nicht angezeigt? Dafür hättest du doch bestimmt eine Menge Geld bekommen.»
Rosa lachte. «Weil er ein goldenes Herz hat.»
«Ich habe noch nie jemanden bei den Bullen verpfiffen!» knurrte Angelo.
Das Radio spielte die Nationalhymne. Es war genau vierundzwanzig Uhr.
«Mach das aus!» befahl Rosa.
«Mir geht es auch auf die Nerven», seufzte Paolo, «aber da kommt gleich das Interview.» Er wandte sich an Angelo. «Gib mir mal bitte meinen Aus-

weis aus dem Handschuhfach! Wir sind bald an der Reihe.»

Angelo kramte den Reisepaß hervor und begann, darin zu blättern. «Roth, Paolo René, geboren in Rom», las er erstaunt vor. «Ein roter Römer, Rosa, hättest du das gedacht?»

Rosa lächelte. «Klingt wie der Titel eines neorealistischen Films. Erste Einstellung: eine konspirative Versammlung im Keller einer Trattoria. Ein roher Holztisch, eine rote Fahne an der Wand, zwanzig entschlossene Männer mit Baskenmützen. Ein junger Genosse tritt auf, in der Hand ein Flugblatt, und sagt . . .»

«Ich möchte sofort meinen Paß, Angelo!»

«Willst du mich wieder schlagen?»

Paolo wandte sich ab und verschränkte die Arme vor der Brust.

«Größe einsachtundachtzig», las Angelo weiter, «Augen blau, besondere Kennzeichen: abstehende Ohren.»

«Das steht da nicht!» preßte Paolo hervor.

Angelo hielt den Paß hoch. «Mit kurzen Haaren sieht er gar nicht so schlecht aus, was?»

Ein paar Fotos fielen herunter.

Rosa hob sie auf. «Deine Mutter?»

Paolo nickte.

«Eine richtige Schönheit, und dieser Hut! Ist das in Amalfi?»

«Nein, in Sorrent.»

«Laß mal sehen!» bettelte Angelo.
Aber Rosa betrachtete schon das nächste Foto.
«Und diese Frau?»
«Vor dem Eiffelturm.»
«Das sehe ich selbst!» Rosa nahm das letzte Foto.
«Und diese Bar, ist das in einem Zug?»
«Zwischen Lérida und Bilbao.»
«Du siehst nicht besonders glücklich aus.»
«Nicht besonders glücklich? Zu der Zeit ging es mir total beschissen!»
«Wegen einer Frau?»
Paolo schwieg.
«Du möchtest wohl nicht darüber reden?»
Paolo streckte seine Hand nach hinten. «Nein, Frau Doktor!»
Rosa gab die Fotos zurück, während Angelo weiter in Paolos Reisepaß blätterte. «Newhaven, Dover, U. S. Immigration, New York, Marienborn, Marienborn, Drewitz, Drewitz, Marienborn ... Was hast du so oft in Berlin gemacht?»
«Gearbeitet.»
«Kennst du dich in Tegel aus?»
«Ein bißchen.»
«Wir wohnten direkt gegenüber vom ...»
«Die Ausweise!» unterbrach sie eine schneidende Stimme. In Paolos Fenster lag eine Lederhand. Angelo gab Paolo den Paß, Paolo reichte ihn weiter. Die Lederhand trommelte auf das Autodach. «Die anderen Pässe auch!»

Angelo zog einen zerfledderten Personalausweis aus der Hosentasche, Rosa kramte einen Reisepaß aus dem Koffer.
Die Lederhand verschwand.
«Habt ihr gesehen?» flüsterte Angelo. «Der ganze Arm ist aus Plastik!»
«Sei still!» zischte Paolo.
Er erhielt seinen Paß zurück. Dann traf Rosa ein Taschenlampenstrahl. «Würden Sie mich bitte mal ansehen, Frau Sommer?»
Lange hielt der Zöllner Rosas Blick nicht stand. Er gab ihr den Reisepaß zurück und wandte sich an Paolo. «Sind das Ihre Freunde?»
Paolo schüttelte den Kopf. «Tramper, ich nehme sie ein Stück mit.»
«Und wohin fahren Sie?»
«Muß ich darauf antworten?»
Der Zöllner schaltete sein Sprechfunkgerät ein. «L 7278945, kannst du das mal nachprüfen?»
Angelo drängte sich an Paolos Fenster. «Warum bekomme ich meinen Ausweis nicht wieder?»
«Mein Kollege schaut im Computer nach, ob gegen Sie etwas vorliegt.»
«Warum gerade bei mir?»
Der Zöllner gab keine Antwort.
«Sicher nur eine Routineüberprüfung!» erklärte Paolo.
«Und warum hat er dich nicht überprüft? Weil du so einen blöden Anzug trägst, was?» Angelo

hängte sich aus dem Fenster. «Warum bin ich verdächtig? Weil ich wie ein Ausländer aussehe?»
«Für uns ist grundsätzlich jeder verdächtig!» antwortete der Zöllner ruhig.
«Sie selbst auch, was?»
«Angelo!» sagte Paolo gedehnt und versuchte, ihn vom Fenster wegzuzerren. Aber Angelo klammerte sich an den Haltegriff.
«Los, die Mütze runter!» brüllte er den Zöllner an. «Die Hose auch, und dann ganz tief bücken!»
Der Zöllner war blaß geworden. «Links ranfahren!» flüsterte er und klopfte mit der Lederhand auf das Autodach, während sie zu dem Platz rollten, wo der Kombi gestanden hatte. Dort ließ er seine Taschenlampe kreisen.
Der Lichtstrahl fiel auf Rosas Koffer. «Den Koffer auf die Motorhaube!»
Der Lichtstrahl fiel auf Paolos Hände am Lenkrad. «Den Kofferraum aufmachen!»
Der Lichtstrahl traf Angelo mitten ins Gesicht. «Hände hinter den Kopf, und ganz langsam aussteigen!»
Der junge Zöllner knallte Angelo gegen den Wagen, tastete sich an den Beinen empor und zog den Kugelschreiber aus Angelos linker Hosentasche.
Angelo grinste. «Gefällt sie Ihnen?»
Der Zöllner drückte Angelo den Stift in die Hand und ging zu Rosa, die ihren Koffer auf die Motorhaube gelegt hatte.

Der Zöllner mit den Lederhandschuhen durchwühlte unterdessen den Kofferraum.
Paolo zog ihn an der Uniform. «Was suchen Sie überhaupt?»
«Was werden die schon suchen?» sagte Angelo. «Die suchen, und wir fahren.»
Der Zöllner zeigte auf eine gelbe Plastikente.
«Sie gehört dem kleinen Sohn meiner Freundin, wir waren vor vier Wochen in der Normandie.»
Der Zöllner griff nach einem Klappspaten, an dem brauner Lehm klebte.
«Meine Mutter ist vor einem halben Jahr gestorben. Ich habe auf ihrem Grab eine Zypresse gepflanzt.»
Mit spitzen Fingern hielt der Zöllner als nächstes ein Paar schmutzige Arbeitshandschuhe hoch.
Angelo faßte sich an den Kopf. «Kinderspielzeug, Handschuhe, ein Spaten . . . jetzt wird mir langsam alles klar, Paolo! Du hast Valeries Jungen umgebracht, um sie ganz für dich allein zu haben.»
Der Zöllner legte die Handschuhe zurück und schlug die Kofferraumklappe zu. Aber Paolo riß sie wieder auf und warf wahllos Gegenstände auf den Boden. Ein Warndreieck, einen Verbandskasten, Schneeketten, einen Reservekanister, nun fuchtelte er mit einem Radmutternschlüssel vor dem Zöllner herum. «Hier, Sie haben das Wichtigste übersehen, die Mordwaffe!»
Kopfschüttelnd ging der Zöllner zur Motorhaube,

auf der sich schon ein Berg Wäsche türmte, riß seinem Kollegen ein Nachthemd aus der Hand, warf es auf den Haufen und zog das schwarze Notizbuch aus dem Koffer.
«Das geht Sie nichts an!» sagte Rosa.
«Ich bin ein Krokodil, und du hast Angst!» las der Zöllner vor. «Sind das Gedichte?»
Rosa schwieg.
Der Zöllner wühlte weiter. Er zog einen grünen Badeanzug mit dem Aufdruck FIVE GIRLS ON BOARD aus dem Koffer, hielt dann eine silberne Trillerpfeife hoch und stellte nun ein kleines, gerahmtes Foto von einem Mann mit stechenden Augen auf die Motorhaube.
Angelo nahm es. «Sieht gut aus, der Typ! Dein Freund?»
Rosa riß ihm das Foto aus der Hand.
Der Zöllner hatte inzwischen eine graue Mappe mit Federzeichnungen aufgeschlagen.
«Ein psychologisches Spiel», erklärte Rosa. «Man muß zu jedem Bild eine Geschichte erzählen.» Sie tippte auf die oberste Tafel. «Diese steile Treppe, wo führt sie wohl hin?»
Der Zöllner überlegte nicht lange. «Wohin schon? Nach oben natürlich, ist doch eine ganz normale Treppe.»
«Nichts ist normal», fuhr ihn Rosa an, «alles ist verdächtig! Haben Sie selbst gesagt. Also, was ist am Ende der Treppe?»

«Woher soll ich das wissen? Irgend jemand wird dort wohnen.»
«Aber wer?»
«Eine Frau, die . . .»
«Wieso gerade eine Frau?»
«Von mir aus wohnt da auch ein Mann!»
«Warum eine Frau?» beharrte Rosa.
Der Zöllner schwieg. Er hatte Rosas Schminktasche geöffnet und einen Lippenstift herausgenommen.
«Marmoriert», erklärte Rosa, «Sie wissen nie, wie die Lippen werden.»
Der Zöllner versuchte, den Stift zurückzudrehen, aber er hatte ihn zuweit herausgeschraubt.
Rosa lächelte. «Wenn Sie schon unbedingt das Gepäck einer Dame durchsuchen müssen, sollten Sie ihre Gefühle besser unter Kontrolle halten!»
Der Zöllner warf den Lippenstift in die Schminktasche und zog ein Knäuel Strumpfhosen aus dem Koffer. Dabei fiel sein Blick auf einen flachen, schwarzen Gegenstand. «Aufmachen!» befahl er, während er die Strumpfhosen gegen einen Tiefstrahler hielt.
Plötzlich blitzte es.
Alle starrten auf Rosa. Aus der Sofortbildkamera in ihrer Hand schob sich ein dunkles Foto, und langsam erschien das verschleierte Gesicht des Zöllners.
Er streckte seine Lederhand aus.

Rosa hielt das Bild fest und schaute zu, wie es sich entwickelte.
«Das Foto!» flüsterte der Zöllner.
«Ich werde es als Erinnerung behalten!» entschied Rosa.
Der Zöllner machte einen Schritt auf sie zu.
«Das Interview!» rief Paolo. Er ließ sich auf den Sitz fallen und drehte das Radio lauter.
«... für Evita ein kleines Fernsehgerät aufgestellt, damit sie sich nicht langweilt. Denn sie darf nicht einschlafen. Sie muß den Kopf hochhalten, weil sie sonst ertrinkt. Ich werde ihr jetzt ein paar Fragen stellen! Wie gefallen dir diese Videos, Evita?»
«Alles geht so schnell», antwortete eine Mädchenstimme.
Der Korrespondent lachte.
«Und was ist das für eine Musik?» fragte das Mädchen.
«Die neue Nummer eins aus Amerika, Evita.»
«Und um was geht es in dem Film?»
«Um nichts, Evita. Es geht darum, die Platte zu verkaufen.»
«Und warum kommt jetzt der Wind?»
«Damit man die langen Beine der Sängerin besser sehen kann, Evita.»
«Und warum wird die Sängerin von dem Mann erschossen, der sie eben noch geküßt hat?»
«Damit sie blutet, Evita. Siehst du, das rote Blut gibt einen schönen Kontrast auf ihrer blassen Haut.»

«Und warum wird das Blut jetzt gelb?»
«Das ist Curry, Evita, die neue Farbe für den Winter.»
«Und warum rollt jetzt der böse Mann die tote Frau den Hügel hinunter in den Fluß?»
«Damit sich alle genau diese Frage stellen. Wer auffallen will, muß sich etwas einfallen lassen, wie du, Evita. Wenn du nicht zwischen den Betonplatten stecken würdest, wären wir nicht hier. Und wenn man dich herausgeholt hat, ziehen wir weiter. Vielleicht kommen wir am Ende des Jahres noch mal vorbei, um zu sehen, wie sich dein Leben verändert hat, und vielleicht tragen die Mädchen in Europa eine Zeitlang die Haare wie du ...»
Die Leitung war unterbrochen. Trotzdem starrten alle weiter gebannt in Richtung des Radios. Angelo hielt sich an der Antenne fest. Paolo kaute auf seiner Brille. Rosa schwenkte immer noch das Foto, obwohl es längst trocken war. Der junge Zöllner strich sich über den Schnurrbart, und der andere hielt die Hände gefaltet.
«Hartmann, Andreas», krächzte in diesem Augenblick ein Sprechfunkgerät, «geboren in West-Berlin, Vorstrafe wegen schwerer Körperverletzung.»

Der Tunnel war so endlos wie Paolos Geschichte vom Skrewdriver-Mord im Wachsmuseum von Coney Island. Lange schon hatten sich ihre Augen an das helle Licht gewöhnt, aber immer noch ging es weiter geradeaus auf einen fernen Punkt zu, in dem sich die beiden Lichtbänder trafen. Der Motor rasselte, durch die Lüftung drang beißender Rauch, und nun leuchtete die rote Ölkontrollampe auf.

Angelo zeigte auf ein Schild. «Noch tausend Meter bis zur nächsten Parkbucht, Paolo!»

Das Geräusch im Motor klang jetzt so, als ob der Wagen in der Mitte durchgesägt würde.

«Was», rief Paolo, «wir sollen in diesem Scheißtunnel halten?»

Ein Laster schoß mit aufgeblendeten Scheinwerfern heran. Das Dröhnen seines Signalhorns ließ die Fensterscheiben vibirieren. Jetzt war er schon so nahe gekommen, daß Paolo im Rückspiegel das Hufeisen am Kühlergrill sehen konnte.

«Vielleicht bringt es uns Glück!» knurrte er und drückte den Warnblinker.

Der Laster überholte. Sein Luftstoß traf Paolos Wagen so hart, daß es einen Moment lang aussah,

als bliebe er stehen, und jetzt setzte auch noch der Motor aus.
«So eine Scheiße! So eine Scheiße!» fluchte Paolo und schaltete in den Leerlauf. Mit letztem Schwung rollten sie in die Parkbucht.
«Die Motorhaube entriegeln!» brüllte Angelo und stürzte aus dem Auto. Eine dichte Qualmwolke schoß ihm entgegen.
Paolo wollte auch aussteigen, aber ein zweiter Laster, der fast die Tür abriß, warf ihn zurück.
Das drohende Hupen, das sich tausendfach an den Tunnelwänden brach, hatte Rosa aufgeweckt. «Wo sind wir?» fragte sie verschlafen.
«Am Mittelpunkt der Erde», antwortete Paolo mit einem verunglückten Lächeln und stieg auf der Beifahrerseite aus.
Angelo zeigte auf einen Schlauch. «Ich glaube, das Problem liegt im Kühlsystem, aber ich habe keine Lust, mich schmutzig zu machen!»
«Aber ich, was?»
«Wem gehört denn der Wagen?»
Wieder donnerte ein Laster vorbei.
Paolo schreckte hoch. Angelo stand hinter ihm, eine Hand hatte er in die Hüfte gestemmt, mit der anderen griff er an die Motorhaube, als wollte er sie zuschlagen.
Rosa trat zu ihnen. Sie hatte sich Paolos Jackett um die Schultern gehängt. «Na, geht's bald weiter?»
Die beiden gaben keine Antwort.

Rosa schaute sich um. An der Stirnwand der Parkbox hing ein Feuerlöscher, daneben eine Tafel mit Hinweisen für das richtige Verhalten bei Notfällen, und darüber stand in vier Sprachen BITTE RUHE BEWAHREN!
Rosa schlug den Kragen hoch und versuchte, ein Auto anzuhalten.
«Machen Sie sofort die Fahrbahn frei!» dröhnte eine Lautsprecherstimme von der Decke der Parkbucht.
Rosa fuhr herum und blickte in eine Kamera.
«Paß auf!» schrie Angelo.
Mit durchdringendem Hupen hielt ein Auto direkt auf Rosa zu. Im letzten Moment zerrte Angelo sie von der Fahrbahn.
Paolo trat unter die Kamera und deutete auf den rauchenden Motor.
«Der Abschleppwagen ist bestellt!» kam es von der Decke.
Paolo tippte auf seine Armbanduhr.
«Warten Sie in der Box!»
«Kommt», sagte Paolo, «wir setzen uns in den Wagen!»
«Die können mich mal!» Angelo reckte die geballte Faust mit abgespreiztem Zeigefinger gegen die Kamera.
«Warten Sie in der Box», befahl die Stimme, «wir haben Sie genau im Bild!»
Aber Angelo hatte schon die Fahrbahn überquert

und rüttelte auf der anderen Seite an einer gelben Stahltür. Ein rennender Mann war dort aufgemalt, aus dessen Rücken Flammen schlugen. Die Tür war verschlossen.

Angelo trat wieder auf die Fahrbahn und starrte in den Tunnel. Er war leer.

Mit einem harten Schlag setzte sich das Gebläse an der Decke in Bewegung. Der Luftstrom steigerte sich in Sekunden zu einem wütenden Sturm, der den Abfall tanzen ließ. Angelo lief in die Parkbucht hinüber und löste den Halter der Motorhaube, auf die der Wind mit solcher Wucht drückte, daß sie knarrende Töne von sich gab. Mit einem lauten Knall schlug sie zu.

Außer Atem ließ er sich in den Sitz fallen. «Die sind wohl verrückt! Die hätten mich beinahe aus der Röhre gepustet!»

«Und was machen wir jetzt?» fragte Rosa.

«Warten!» antwortete Paolo. «Der Abschleppwagen ist doch bestellt!»

«Warten! Warten!» stieß Rosa hervor. «Mit euch beiden habe ich nicht gerade das große Los gezogen! Habt ihr wenigstens was zu trinken?»

«Nur Gummibärchen.« Paolo zeigte auf die Konsole.

«Ich will keine Gummibärchen!» fuhr ihn Rosa an. «Ich will hier raus!»

Angelo schüttelte den Kopf. «Was soll denn die kleine Evita sagen? Wir können hier wenigstens

sitzen, und es regnet nicht rein.» Er wandte sich an Paolo. «Ich bin mal in einer Pizzeria über Nacht auf dem Klo eingeschlossen worden.»
«Und was hast du gemacht?»
«Geschlafen, was sonst?»
«Und ich bin in der Normandie einmal zwischen den Klippen von der Flut überrascht worden und mußte mit Valerie sechs Stunden auf einem Felsen ausharren.»
Angelo grinste. «Und was habt ihr gemacht?»
«Gefroren, was sonst?»
Angelo legte seine spitzen Schuhe auf das Armaturenbrett. «Eigentlich ist es doch richtig gemütlich hier! Endlich haben wir Zeit, uns in aller Ruhe zu unterhalten.»
Rosa seufzte. «Über was denn?»
«Du kannst uns ein paar Gedichte aus deinem Notizbuch vortragen.»
Rosa schwieg.
«Oder Paolo zeigt uns noch ein paar Fotos.»
«Oder du erzählst uns etwas über schwere Körperverletzung, Angelo.»
«Schwere Körperverletzung? Ich verstehe gar nicht, was du meinst, Paolo! Aber wenn du dich langweilst, können wir doch Rosas psychologisches Spiel spielen, oder hast du Angst?»
Paolo lachte. «Warum soll ich Angst haben? Ich habe nichts zu verbergen.»
«Wir werden sehen.» Rosa öffnete ihren Koffer

und nahm die graue Mappe heraus. «Es ist ganz einfach, Paolo, fünf Bilder, fünf dramatische Geschichten ohne langes Nachdenken.»
Paolo legte die erste Karte vor sich auf das Lenkrad.
«Nun?» drängte Rosa. «Eine ganz normale Treppe, die nach oben führt?»
Paolo schüttelte den Kopf. «Nein, sie führt steil nach unten. Eine Treppe in einem alten Haus aus dem letzten Jahrhundert. Die Besitzerin ist gestorben, das Haus steht zum Verkauf. Ein Makler führt ein Paar durch die leeren Räume, einen älteren Mann und eine junge Frau. Vor einem Fenster kann der Makler ihre Brüste sehen.»
«Und wie geht die Geschichte weiter?»
«Sie stoßen den Alten die Treppe hinunter.»
«Ist er tot?»
«Nein, Rosa! Sie müssen ihn noch ein paarmal mit dem Auto überfahren.»
«Das ist ja sehr interessant!» platzte Angelo heraus.
Paolo sah ihn irritiert an. «Warum denn?»
Angelo grinste. »Du glaubst wohl, Rosa und ich gehören zusammen und wollen dich fertigmachen, was?»
«Davon habe ich doch gar nichts gesagt!» Paolo streckte seine Hand nach der zweiten Karte aus. «Ich habe einfach nur eine Geschichte erzählt.»
Diesmal ließ er sich Zeit.

«Du darfst nicht so lange nachdenken!» drängte Rosa.
«Ein schöner Tag am Meer», begann Paolo, «aber dieses Haus in den Dünen wirkt irgendwie unheimlich. Das spitze Dach, der Durchgang mit dem Schaukelstuhl, das Auto . . . Die Frau hat es offenbar sehr eilig, von dort wegzukommen.»
«Warum denn?» drängte Rosa.
«Hinter ihrem Rücken . . .» Paolo zögerte, «trägt sie einen abgeschnittenen Kopf.»
Angelo nickte. «So, so, einen abgeschnittenen Kopf! Und wem gehört der?»
«Ihrem Vater natürlich!»
«Ihrem Vater? Aber warum hat sie ihn denn umgebracht?»
«Woher soll ich das wissen, ich bin doch kein Psychologe!»
Angelo war zum erstenmal sprachlos.
«Aber das ist doch ganz einfach, Angelo», schaltete sich Rosa ein, «man muß beide Geschichten im Zusammenhang sehen. Eine typische ödipale Situation. Der mächtige Vater, die schöne Mutter! Was soll der arme kleine Paolo tun? Den Vater erreicht er nicht, und die Mutter bekommt er nicht. In der ersten Geschichte stößt er den Vater die Treppe runter. Um den quälenden Schuldgefühlen zu entgehen, wechselt er in der zweiten Geschichte sein Geschlecht. Aber dem Fluch des Schicksals kann er trotzdem nicht entgehen. Ohne sich des-

sen bewußt zu sein, tötet er den Vater noch mal.»
Sie gab die dritte Karte nach vorn.
«Wie habe ich das Klavierspielen gehaßt!» entfuhr es Paolo. «Aber Mama . . .» Er hielt inne und überlegte. «Also, dieser kleine Junge muß so lange üben, bis er die Goldberg-Variationen fehlerfrei spielen kann. Die Sonne scheint, alle anderen Kinder sind auf der Straße.»
«Und weiter?» drängte Rosa.
«Der Junge nimmt seinen Klavierstuhl, steigt auf den Dachboden und . . .»
«. . . hängt sich auf», unterbrach ihn Angelo.
«Warum willst du dich aufhängen?» fragte Paolo besorgt.
«Wieso ich?»
«Du hast es doch gerade selbst gesagt!»
«Was macht man schon mit einem Klavierstuhl auf dem Dachboden?»
Paolo atmete tief durch. «Also, der Junge schaut sich dort oben ein Buch mit . . .»
«. . . pornographischen Bildern an», fiel ihm Angelo wieder ins Wort. «Das paßt zu dir. Wenn du frustriert bist, holst du dir einen runter!»
«Du nimmst sofort deine dreckigen Schuhe vom Armaturenbrett!» fuhr ihn Paolo an und streckte seine Hand nach der nächsten Karte aus.
Aber Rosa gab sie ihm nicht. Sie beugte sich vor und tippte auf die dritte Karte. «Warum eigentlich kein Mädchen, Paolo?»

«Weil es ein Junge ist, Rosa.»
«Es könnte aber auch ein Mädchen sein.»
Paolo faßte sich an den Kopf. «Natürlich, Rosa, jetzt fällt es mir wieder ein! Ich hatte ja eine kleine Schwester, sie wurde zwei Jahre nach mir geboren. Alle fanden sie süß, und ich mußte schon eine Brille tragen. Da habe ich sie bei einem Ausflug nach Pisa auf dem Schiefen Turm mit meiner Kinderkamera so weit an den Abgrund bugsiert, daß am unteren Rand des Fotos nur noch ihre weitaufgerissenen Augen zu sehen waren.»
Rosa nickte. «Ich habe mir schon so was gedacht, warum sollte dich sonst dieses Mädchen aus Kolumbien interessieren? Es geht um Schuld und Sühne.»
«So ein Quatsch!» stöhnte Paolo. «Ich habe gar keine Schwester, ich wollte euch reinlegen!»
«Also hast du doch Angst, daß etwas über dich herauskommt!» Mit einem triumphierenden Lächeln reichte Rosa ihm die vierte Karte.
«Dieses Paar hat sich nichts mehr zu sagen. Seht ihr die leere Blumenvase auf dem Couchtisch?» Paolo hielt die Tafel hoch. «Sie schlafen nicht mehr miteinander. Und dieses Ölgemälde mit dem sinkenden Segelschiff? Die Ehe ist gescheitert. Und diesen Mann auf dem Sofa mit der Zeitung? Er kommt nicht mehr hoch. Und die Frau am Fenster mit dem kleinen Bild in der Hand? Sie lebt nur noch in der Erinnerung. Und diese dunkle

Tür mit dem Lichtspalt? Dahinter liegt die Freiheit.»

Rosa nickte. «Und wie geht es weiter?»

«Die Frau wird ein paarmal versuchen, ein Gespräch in Gang zu bringen, ohne Erfolg. Dann wird sie aufstehen, um ins Bett zu gehen. Der Mann wird nicht mal den Kopf heben, denn er löst gerade ein Kreuzworträtsel. Wenn die Frau das Zimmer verläßt, wird er ihr nachrufen, ob sie einen rituellen Selbstmord mit acht Buchstaben kennt.»

«Weiß die Frau die Lösung?»

«Ja, Rosa, sie stürzt sich in der Küche in ein Brotmesser.»

«Aber der Mann findet sie noch rechtzeitig, und sie wird gerettet!»

«Nein, der Mann denkt so lange über das Wort mit den acht Buchstaben nach, bis die Frau verblutet ist.»

Rosa ließ die Mappe sinken. «Müssen alle deine Geschichten so ausweglos enden?»

Paolo zuckte mit den Schultern. «Das liegt an deinen Karten!»

«Das liegt nicht an den Karten», fuhr ihn Rosa an, «das liegt an dir! Alle Geschichten haben dasselbe Muster: die Probleme lassen sich nicht lösen, vor dem Schicksal gibt es kein Entrinnen, am Ende kommt es unweigerlich zur Katastrophe, wie in einer griechischen Tragödie.» Sie riß Paolo die Karte aus der Hand. «Weißt du, was ich auf dem Bild

sehe? Die schöne Frau mit dem hinreißenden Nakken hat den langweiligen Kerl mit seiner blöden Zeitung satt. Sie träumt von einer langen Eisenbahnfahrt durch ein fremdes Land. Allein, verstehst du, Paolo, ohne Mann! Und das ist auch kein Erinnerungsfoto. Das ist ein kleiner Spiegel. Sie ist schön, sie weiß es, und sie genießt es.»
«Ach was!» Paolo beugte sich nach hinten und tippte auf die Karte. «Zieh doch mal die Diagonalen über das Bild. Wer sitzt genau in der Mitte? Der Mann! Die Frau ist an den Rand gedrängt, Dekor, wie dieses Ölgemälde.»
Rosa schob Paolos Finger weg. «Genau, das Segelschiff! Wer steht denn am Ruder von dem Rettungsboot?»
«Eine Frau natürlich, weil die Männer so großzügig waren, mit dem Schiff unterzugehen. Frauen und Kinder zuerst! Das kennt man doch.»
«Wo hast du das denn her, vom Dachboden?»
Paolo atmete tief durch. «Wie soll eine Frau, die ihrem Mann gegenüber eine solche Haltung einnimmt, die Kraft aufbringen, ihn zu verlassen?»
Rosa lächelte. «Immer diese Projektionen! Die Frau sitzt dort nicht, um den Mann zu animieren, oder dich, oder Angelo. Diese Frau zeigt euch allen die kalte Schulter!»
«Trotzdem, Rosa! Nur weil du dir das wünschst, brechen noch lange nicht alle Frauen aus ihren goldenen Käfigen aus.» Paolo schaute auf seine

Uhr. «Halb drei, schon so spät? Wo nur der Abschleppwagen bleibt?» Er wischte sich den Schweiß von der Stirn. «Weißt du, Rosa, mir wäre es doch auch lieber, wenn sich dieses Paar irgendwie arrangieren könnte. Und wenn ich dir damit eine Freude machen kann, soll von mir aus die Frau dem Mann das Küchenmesser in den Bauch rammen, aber das ist nicht die Botschaft des Bildes.»
«Die Botschaft des Bildes!» imitierte Rosa Paolos Tonfall. «Es ist die Botschaft deines pessimistischen Weltbildes.» Sie hob eine Hand und begann zu zählen. «Ein zerschmetterter Mann unter einem Auto, ein abgeschnittener Kopf, eine Frau mit einem Küchenmesser im Bauch . . .» Nun richtete sie ihren Zeigefinger auf Paolo und unterstrich damit jedes Wort: «Du wünschst dir wahrscheinlich tief in deinem Innern, daß das Leben so traurig sein soll wie in deinen Geschichten, weil du selbst ein ganz unglücklicher Mensch bist!»
«Aber Paolo hat zumindest Phantasie!» schaltete sich Angelo ein. «Und seine Sexualität scheint auch ganz normal zu funktionieren. Jedenfalls hat er trotz seiner tragischen Geschichten immer wieder, wie der Makler in dem alten Haus mit der Holztreppe, auf deine Brüste gestarrt.» Er brach in ein meckerndes Lachen aus.
Paolo wandte sich ab zu der gelben Tür mit dem fliehenden Mann. Rosa blickte sich nach dem Abschleppwagen um. Angelo war verstummt.

«Komm, Paolo», begann Rosa nach langem Schweigen, «hören wir mit diesem Spiel auf, es bringt nur Ärger!»
Aber Paolo streckte wortlos seine Hand nach hinten.
Während Rosa ihm zögernd die letzte Karte gab, setzte die Lüftung aus. Es war plötzlich ganz still, nur der Warnblinker tickte.
Lange starrte Paolo auf die Karte. Rosa hatte sich vorgebeugt und stützte sich mit den Ellenbogen auf Paolos Sitz. Angelo lehnte an seiner Schulter.
Die Karte war leer.
«Los», drängte Rosa, «deine Geschichte!»
«Moment!» murmelte Paolo.
Aber Angelo hielt die Spannung nicht länger aus. Er riß Paolo die Karte aus der Hand und flüsterte mit tiefer Stimme: «Es ist Nacht in den Anden. Das Kreuz des Südens funkelt über Evitas Schlammloch. Das Video ist zu Ende, die Journalisten schlafen. Um sich wach zu halten, sagt Evita alle Hauptstädte Südamerikas auf. Ein Kolibri setzt sich auf ihren Kopf. Bring mich fort! seufzt sie. In der Ferne schmettert eine Trompete. Eine Sternschnuppe fällt vom Himmel. Evita wünscht sich, daß alles wieder so sein soll wie früher. Da tauchen am Horizont die Positionslichter eines Flugzeugs auf. Ein Mann in einem glitzernden Overall schwebt an einem blutroten Fallschirm direkt auf sie zu. Er nimmt seine Fliegerbrille ab und lächelt. Es ist Paolo. Er

hält seine Armbanduhr gegen den Mond, um sie zu aktivieren. Dann entmaterialisiert er mit Laserstrahlen die Betonplatten und zieht Evita aus dem Wasser. Er schlägt sie in die rote Fallschirmseide ein, trägt sie in den Dschungel, wäscht sie, hat sie lieb, und nach einem Jahr heiraten sie.»

Der Abschleppwagen schwankte. Der Fahrer hatte sich auf ein Wettrennen mit einem Güterzug eingelassen, der rechts neben der Straße entlangratterte. Sie näherten sich einem Bahnübergang. Der Fahrer hupte durchdringend, der Zug stieß einen gellenden Pfiff aus, und die Glocke des Schrankenwärterhäuschens läutete Sturm. Mit unvermindertem Tempo holperte der Abschleppwagen unter den sich senkenden Schranken über die Gleise.
Paolo zeigte auf das grinsende Gesicht im Heckfenster des Abschleppwagens. «Dieser Kerl bringt uns noch alle um!»
Angelo lachte. «Laß doch endlich das Lenkrad los!»
Sie rasten durch ein Industriegelände. Eine gelbe Fackel, die knatternd aus einem Schornstein schlug, beleuchtete eine Bushaltestelle. Die wartenden Männer schliefen im Stehen.
Paolo schaute auf seine Uhr. «Fünf nach drei, die armen Schweine! Und der Gestank! Wo uns dieser Gangster wohl hinfährt?»
«Bestimmt hat er einen Pferdefuß», seufzte Rosa.
In der Ferne tutete ein Dampfer.

Angelo hob den Zeigefinger. «Hörst du, Paolo? Das Schiff wartet schon, dein Auto siehst du nie mehr wieder!»
Der Abschleppwagen schwankte in eine Unterführung. Die Scheinwerfer erfaßten ein umgestürztes Fahrrad und ein paar Meter weiter einen Körper. Drei Männer traten auf ihn ein.
«Wie schrecklich!» murmelte Paolo und schaltete das Radio an.
«... you make me ...» Paolo suchte weiter. «... you, you, you ...» Er suchte weiter. «... geht es leider immer schlechter! Sie hat ihr Lachen verloren, das uns allen soviel Kraft gibt. Ihr Gesicht hat sich verändert. Es ist ganz schief geworden, und ihre Stimme klingt plötzlich wie ...»
Angelo stieß Paolo an. «Komm, wir steigen aus und helfen dem armen Schwein in der Unterführung!»
«Sei still!» zischte Paolo.
«... versuchen jetzt, Evita einen Autoschlauch unter die Arme zu schieben, damit sie auf dem Wasser ...»
Angelo wandte sich an Rosa. «Ich war mal drei Wochen in Málaga. Eines Mittags fiel ein Mann vom Himmel, im Ernst! Terroristen hatten ihn aus einem Flugzeug geworfen. Er zerriß die Markise eines Gemüsestandes und fiel zwischen die Auberginen. Dort lag er, verdreht wie ein Korkenzieher. Er ist in meinen Armen gestorben.»

«Das hast du dir doch gerade ausgedacht!» knurrte Paolo und drehte das Radio lauter.

«... ein Hubschrauber gelandet. Sie waren unten am Amazonas, um einen Werbefilm für eine bekannte Filterzigarette zu drehen. Der Zigarettenpresenter fliegt einen Indio, der von einer Schlange gebissen worden ist, trotz schlechter Sicht ins Missionshospital ...»

«So schnell kann aus Spiel Ernst werden», imitierte Angelo den Korrespondenten.

«... wird aus Spiel Ernst. Der Zigarettenpresenter hatte übrigens die Idee mit dem Autoschlauch. Ein amerikanischer Kollege, der früher bei den Marines Trompete gespielt hat, wird ihn gleich aufblasen. Gerade fühlt er Evitas Puls ...»

Angelo drückte Paolo seine Uhr ans Ohr. «Hörst du, wie das kleine Herz schlägt?»

Paolo zog seinen Kopf weg.

«... japanische Fotograf weint dicke Tränen. Dabei ist der kleine Mann aus Kioto Kummer gewöhnt. Erinnern Sie sich an das berühmte Foto vom Junimassaker in Soweto? Es ist von ihm ...»

Angelo grinste. «Das hast du sicher über deinem Bett hängen, was?»

Paolo gab keine Antwort.

«... noch Hoffnung. Auf dem Flughafen von Bogotá steht eine Holzkiste mit einer Motorpumpe. Eine bekannte Fast-Food-Kette hat sie aufgetrieben ...»

«Los, holt euch die heißen Evitaburger!» rief Angelo. «Mit einem Schuß Chili, feurig wie ein Vulkan!»
«. . . Nebel weg ist, kommt die Kiste. Das dauert dann keine zwei Stunden. Aber bis es soweit ist, tun wir alles, um Evita bei guter Laune zu halten . . .»
Angelo zog den Pinguin zu sich herab. «Kennst du den Witz von dem Marsmännchen in der Straßenbahn, Evita?»
Paolo riß ihm den Pinguin aus der Hand. Er schnellte zum Spiegel zurück.
«. . . schon viele solcher Einsätze erlebt, da geht es nicht immer sanft zu. In Beirut haben sich einmal die Fotografen um einen abgerissenen Arm mit Uhr geschlagen. Sie war genau in dem Augenblick stehengeblieben, als die Autobombe vor dem Hauptquartier der Amerikaner hochgegangen war. Aber hier gibt es kein lautes Wort, wir wollen Evita Mut machen. Eben haben wir auf verschiedenen Gegenständen *Que Sera* gespielt.»
«When I was just a little boy, I asked my mammy, what will I be . . .» grölte Angelo, während es im Radio mit Werbung weiterging.
«Ärger mit Kakerlaken? Jetzt gibt es das Kakerlaken-Motel! Die Kakerlaken checken ein, aber sie checken nie wieder . . .»
«Unterwegs ins Kakerlaken-Motel!» rief Angelo. «Das ist es, genau das ist es!»

Paolo schaltete das Radio aus und wandte sich nach hinten. «Ich habe nicht gedacht, daß es so ernst ist, Rosa.»
«Ich auch nicht.»
«Aber ich!» Lachend hielt Angelo seine Hände wie einen Trichter vor den Mund und rief: «Halt aus, Evita, Paolo kommt und trinkt das Schlammloch leer!»
«Angelo», sagte Rosa gedehnt, «laß Paolo in Ruhe!»
«Aber ich finde es doch ganz toll, daß Paolo sich so engagiert! King Kong zum Beispiel und diese weiße Frau . . .»
Weiter kam Angelo nicht. Rosa war nach vorn geschossen und hatte ihn am Ohrläppchen gepackt. «Warum hast du Angst, Gefühle zu zeigen?» fragte sie streng.
«Aua!» schrie Angelo. «Ich zeige doch Gefühle!»
Rosa ließ nicht locker. «Ja, aber die falschen!»
Angelo reckte sich immer weiter nach hinten. «Und eure Krokodilstränen sind die richtigen Gefühle?»
Rosa holte tief Luft. «Es gibt bestimmte Archetypen . . .»
«Was ist das denn?»
«Kollektive unbewußte Muster menschlichen Verhaltens.» Rosa zog Angelo weiter gegen die Kopfstütze.
«Damit ist bestimmt gemeint, daß Kinder gern Katzen streicheln, was?»

«Genau!» raunzte Rosa.
«Du weinst bestimmt im Kino, was?» stöhnte Angelo.
«Natürlich!» Rosa zog noch einmal kräftig an. «Warum man weint, ist doch nicht so wichtig, solange die Gefühle echt sind.» Damit ließ sie Angelo los, dem die Tränen in die Augen geschossen waren.
«Ein Taschentuch?» Paolo zeigte auf das Handschuhfach.
Angelo öffnete die Klappe. Ein gelber Kulturbeutel von Pan Am fiel ihm entgegen. Er öffnete den Reißverschluß, schüttete den Inhalt in die Konsole und hielt Paolo mit spitzen Fingern ein Paar braune Synthetik-Socken unter die Nase.
«Bei den Linien, mit denen ich fliege, gehört das zum Service.» Paolo wandte sich ab.
Angelo zog die knisternden Socken über seine Hände und richtete sie gegeneinander.
«Hallo!» sagte die linke Hand. «Wer bist du denn?»
«Ich bin der Kasperle!» antwortete die rechte. «Und wer bist du?»
«Ich bin Evita!»
«Und was machst du da unten im Schlamm?»
«Ich bin eingeklemmt, Kasperle!»
«Das ist aber schade, Evita! Vielleicht kann ich dich rausholen, ich ziehe einfach mal an dir. Aua, Aua! Jetzt habe ich mich an meine eigene Nase

gefaßt! Aber vielleicht können mir die Kinder helfen! Hallo, Kinder, seid ihr alle da?»
Angelo bekam keine Antwort.
«Vielleicht haben die Kinder mich nicht gehört», überlegte der Kasperle, «und ich muß lauter rufen!»
Angelo drehte seine rechte Hand nach allen Seiten. Paolo beobachtete den hüpfenden Kopf des Fahrers, und Rosa starrte mit zusammengekniffenen Augen in die Nacht. «Aber hier sind ja gar keine Kinder, Evita! Ich sehe nur lauter traurige Erwachsene.»
Angelo nahm eine schwarze Flugzeug-Schlafbrille von der Konsole und hockte sich auf seinen Sitz.
«Was hast du vor?» fragte Rosa.
Angelo ließ sich auf die Rückbank fallen und streckte seine knisternden Hände nach ihr aus. «Ich bin ein Krokodil!» brummte die Linke. «Und du hast Angst!» kicherte die Rechte.
Rosa wich zurück.
Angelo schob die Schlafbrille in die Stirn und klopfte auf den Koffer zwischen ihnen. «Findest du nicht, daß er stört?»
«Nein!»
Angelo fuhr sich mit den Socken über den Kopf, und sofort standen seine Haare zu Berge. «Ich habe telepathische Fähigkeiten! Wenn ich in ein Zimmer trete, zerspringen die Glühbirnen, und in Holland habe ich einmal ein ganzes Hotel lahmgelegt, und alle haben den Matchball vom Mastersfinale verpaßt.»

Rosa lächelte. «Das sind seelische Spannungen.»
«Nein, das liegt am Teppichboden!» wandte Paolo ein.
Angelo schüttelte den Kopf. «Das hängt damit zusammen, daß ich eine schwierige Geburt war, eine Steißlage. Sie mußten mich mit der Zange holen. Aber das hat sich zum Glück ausgewachsen, oder sieht man noch was, Rosa?»
«Nein!»
Angelo nickte zufrieden und klopfte wieder auf den Koffer.
«Der Koffer bleibt!»
«Weil ich vorbestraft bin?»
Rosa wandte sich zum Fenster. Sie fuhren durch einige kurze Tunnels.
Angelo hatte wieder die Schlafbrille aufgesetzt und sang leise: «Hänsel und Gretel verirrten sich im Wald. Es war schon finster und auch so bitter kalt. Sie kamen an ein Häuschen ...» Er schob die Schlafbrille in die Stirn. «Du hältst dich ja schon wieder am Lenkrad fest!»
Paolo zuckte zusammen.
«Laß dich doch mal fallen!» schlug Rosa vor.
«Das sagt Valerie auch immer!» seufzte Paolo. «Einfach mal fallen lassen! Aber wohin denn, verdammt noch mal?» Er nahm seine Brille ab und begann sie mit dem weißen Taschentuch zu putzen. «Ich soll nicht soviel nachdenken, sagt sie, und mir öfter mal eine Freude machen! Ich

kaufe mir einen Walkman und bin trotzdem traurig.»
Sie fuhren an einem düsteren Stadion vorbei. Der Fahrer hupte und hielt einen Wimpel hoch.
Paolo nickte. «Die einfachen Leute haben es einfach!» Er schaltete die Innenbeleuchtung an und hielt die Brille gegen das Licht. «Ich war mal an einem heißen Sommertag in der Nähe von Moskau in einem berühmten Kloster. Es war wie im Märchen, himmelblaue Zwiebeltürme mit goldenen Sternen und Mönche mit Bärten bis zum Boden.»
Paolo hauchte auf die Brillengläser und putzte weiter. «Ich hatte mich auf eine Bank an einem Brunnen gesetzt und las in einem Roman, der genau in diesem Kloster spielte. Der Abt war gerade gestorben, und alle warteten auf ein Wunder. Da verfinsterte sich plötzlich der Himmel, und ein Unwetter brach los. Ich flüchtete in die Kathedrale. Dort war es so dunkel, daß ich zuerst kaum etwas sehen konnte.» Paolo setzte die Brille wieder auf. «Aber allmählich gewöhnten sich meine Augen an die Dunkelheit. Mit Kerzen in den Händen bewegten sich gebückte Mütterchen auf die Ikonostase zu, warfen sich auf den Boden und küßten die goldene Zehe eines Heiligen. Und da ...»
«... hättest du dich am liebsten in die Prozession der Mütterchen eingereiht?» fiel ihm Rosa ins Wort.
«Woher weißt du das?» fragte Paolo erstaunt.

Rosa lachte. «Es ist bestimmt unheimlich schwer, Materialist zu sein!»
Paolo seufzte. «Manchmal wünsche ich mir, ich würde noch mal zur Welt kommen und wäre . . .» Er zögerte.
«Na, was denn?» drängte Angelo. «Ein kleines Mädchen aus Kolumbien?»
Paolo gab sich einen Ruck. «Ein weißer Schwan auf dem Chiemsee.»
«Wie schön!» flüsterte Angelo und versuchte, ihn auf die Wange zu küssen.
Aber Paolo wich ihm aus. «Ich weiß, für zarte Töne hast du kein Verständnis, du wärst ja am liebsten eine gefleckte Dogge!»
«Ich will niemand anderes sein, ich bin mit mir zufrieden!» erklärte Rosa.
«Wie langweilig!» stöhnte Angelo.
Paolo nickte. «Wie hältst du es denn aus ohne Depressionen?»
«Ich genieße das Leben!»
«Valerie ist genauso!» seufzte Paolo. «Sie liegt den ganzen Tag am Strand und ist zufrieden. Und wenn ich sie frage, an was sie gerade denkt, dann antwortet sie, an nichts! Kannst du dir das vorstellen, Rosa? An nichts, das geht doch gar nicht! Wenn ich die Augen schließe, fangen die Bilder in meinem Kopf erst richtig an zu laufen. Aber Valerie? Sie ist wie ein Kind und kann sich über alles freuen, über das Meer, die Sonne, über die Fischer, die ihr

zulächeln. Alle haben sie gern, sogar die Hunde, und schon am frühen Morgen hat sie gute Laune.»

«Und warum ärgert dich das?»

«Mich ärgert das doch überhaupt nicht!» Paolo hatte begonnen, den Kulturbeutel zusammenzupacken.

«Komm, sei ehrlich», drängte Rosa, «es ärgert dich!»

Paolo zielte mit einer Zahnbürste auf sie. «Reden wir miteinander, oder machen wir Therapie?»

Rosa schaute ihn erstaunt an. «Aber das gehört doch zusammen!»

«Nicht diese Tour, bitte! Ich weiß, was jetzt kommt. Wahrscheinlich bin ich schon wegen meines Geschlechts ein seelischer Krüppel und weil ich in einer Rechtsschutzversicherung bin.» Mit dem Griff der Zahnbürste versuchte Paolo, einen Aufkleber von der Windschutzscheibe zu kratzen. «Ich kann mir denken, was ihr beide von mir haltet! Ich bin ein alter Mann, der vor lauter Illusionslosigkeit Musikcassetten klaut und sich mit Nylonsocken befriedigt. Der hinter einer Frau herrennt, die ihn nicht mehr sehen will, und deshalb wildfremde Menschen mit seinen Geschichten langweilt. Und der so süchtig nach Gesellschaft ist, daß er alles mit sich machen läßt, sogar solche blöden psychologischen Spiele, bei denen man nur verlieren kann. Aber ich habe euch nicht gebeten mitzufahren. Ihr habt euch aufgedrängt!» Er riß Angelo die Schlafbrille herunter und stopfte sie zusammen mit der Zahnbürste in den Kulturbeutel. «Du läßt mich jetzt bitte ausreden, Rosa! Mein Problem ist, daß ich nicht nein sagen kann, aber das werde ich noch lernen! Gleich ist die Fahrt zu Ende, ich will euch nicht mehr sehen!» Er zog Angelo die Nylonsocken von den Händen, und als sie nicht mehr in den Beutel paßten, warf er alles aus dem Fenster. Rosa beugte sich mit einem Gesichtsausdruck, in dem sich das ganze Leid Paolos spiegelte, nach vorn und legte eine Hand auf seine Schulter. Aber Paolo wehrte sie ab und rief: «Mit Streicheln erreicht man bei mir gar nichts, auch nicht mit Netzstrümpfen oder Coq au vin! Man braucht mich auch nicht zum Sonnenaufgang auf das Jungfraujoch zu zerren!» Er holte tief Luft und fuhr dann leise fort: «Ich bin gern depressiv! Solange ich leide, bin ich noch nicht tot!»

Die Werkstatt war ein gelber Wagenheber in der Mitte einer Tiefgarage, mit dem ein Mechaniker Paolos Auto unter der Vorderachse aufgebockt hatte.
Paolo stand am Fenster des kleinen Büros und schüttelte den Kopf. «Was der alles mit meinem Wagen anstellt! Jetzt schraubt der tatsächlich die Motorhaube ab. Warum die Motorhaube, Rosa? Die ist doch gar nicht kaputt!» Er nahm eine Zeitung vom Schreibtisch und ließ sich in einen Sessel fallen. «Wußtest du, daß dieser Vulkan schon seit Monaten brodelt? Es gab Warnungen von Fachleuten, daß sich eine Erdscholle von der Pazifikküste aus unter die südamerikanische Platte schiebt. Und erinnerst du dich noch an dieses Erdbeben in Mexico City vor einem halben Jahr?»
Rosa räkelte sich in einem Drehsessel.
«Monatelang Erdstöße, Rauch und Gaswolken», las Paolo vor. «Aber daran hatte man sich schon gewöhnt im Tal des Río Tigre. Was die Einwohner von Aguada wirklich beunruhigte, war ein riesiger See in viertausend Metern Höhe. Schmelzwasser vom Gipfel des Nevado Santa Lucía, aufgestaut von einer Endmoräne.» Er ließ die Zeitung sinken.

«Warst du in den Alpen schon mal auf einem Gletscher?»
Rosa verkroch sich noch tiefer in Paolos Jackett, und statt einer Antwort stieg über dem roten Kunstledersessel ein Rauchkringel auf.
Paolo las weiter vor. «Wenn der Vulkan ausbricht, warnten die Zeitungen in Bogotá, wird eine gewaltige Flutwelle die umliegenden Täler überschwemmen. Aber die Behörden haben die Presse zensiert, um nicht der Wirtschaft zu schaden.» Er hielt die Zeitung hoch und blickte durch ein viereckiges Loch zu Rosa hinüber. «Ist das nicht unglaublich?»
Rosa gähnte. «Meinst du, bei uns wäre das anders? Ich finde es übrigens viel romantischer, bei einem Vulkanausbruch ums Leben zu kommen als bei einem Reaktorbrand oder so was.»
«Als die Behörden die Stadt endlich evakuieren wollten», fuhr Paolo kopfschüttelnd fort, «weigerte sich die Bevölkerung. Sie wollte ihr Vieh nicht im Stich lassen und ihre Felder. Diese Gegend ist sehr fruchtbar. Und man bereitete sich auf Mariä Himmelfahrt vor. Dabei fiel die Asche aus dem dreißig Kilometer entfernten Vulkan so dicht, daß die Frauen die Wäsche nicht mehr draußen trocknen konnten.» Er faßte sich an den Kopf. «Stell dir das mal vor, die haben am letzten Tag noch . . .»
«Gehst du eigentlich manchmal zu Prostituierten?» unterbrach ihn Rosa. Sie hatte ihren Sessel so ge-

dreht, daß sie die Pin-ups betrachten konnte, mit denen die Rückwand des Büros tapeziert war.
Paolo ließ die Zeitung sinken.
«Ich habe gelesen, daß jeder zweite Mann regelmäßig zu Prostituierten geht.»
Paolo zeigte in die Tiefgarage, wo Angelo mit einem Jungen im schmutzigen Overall Fußball spielte.
«Meinst du?»
Paolo las weiter vor. «Wir sahen uns im Kino gerade den Weißen Hai an, berichtet eine Augenzeugin, aber man verstand den Ton kaum, weil der Vulkan so laut . . .»
«Ist das dein Typ?» Rosa deutete auf eine üppige Blondine, die, nur mit einem Paar weißer Schnürstiefel bekleidet, an einem Rennwagen den Ölstand prüfte.
«Ich mag keine Blondinen!»
«Und der Kugelschreiber?»
«Gehört Angelo.»
«Wirklich?»
Paolo holte tief Luft. «Du hältst mich wohl für ein Monstrum . . .»
Die Tür flog auf, und Angelo stürzte mit dem Ball unter dem Arm herein. «Los, Paolo», keuchte er, «komm mit! Der Junge . . .» Angelo hatte die Pinups entdeckt.
«Na, gefallen sie dir?» fragte Rosa.
Angelo grinste. «He, Paolo, Rosa will wissen, ob

uns diese Frauen gefallen! Was meinst du? Wenn wir ehrlich sind, hält sie uns für Schweine, und wenn wir lügen, glaubt sie uns nicht.»
«Was ist los, Angelo, welche Frauen? Ihr müßt das hier mal lesen!» Paolo hielt die Zeitung hoch. «Und seht mal, dieser Mann auf dem Dach!»
«Und seht mal, dieses Mädchen im Schlammloch!» Angelo warf den Ball gegen die Wand. «Hier ist sie, die heilige Evita, Schutzpatronin der Automechaniker!»
Paolo sprang auf. Zwischen den Pin-ups klebte ein Zeitungsfoto. Ein rundes Kindergesicht mit dunklen Augen und einem Muttermal über der Lippe.
Paolo hielt die Seite mit dem Loch gegen die Wand, das Foto paßte genau hinein. «Zwischen Trümmern und Leichen», lautete die Bildunterschrift, «die tapfere kleine Evita!»
Lange hielt Paolo die Zeitung hoch und bemerkte gar nicht, daß der Gehilfe des Mechanikers ihn von der Tür aus beobachtete. Jetzt nahm der Junge eine Kaffeedose vom Kühlschrank, auf der in großen, ungelenken Buchstaben EVITA stand, und schüttelte sie.
Paolo fuhr herum.
«Los», drängte Angelo, «eine kleine Spende, und schon fliegt der gelbe Wagenheber über den Atlantik!»
Paolo nahm einen Geldschein aus seinem Porte-

monnaie. Aber als der Junge danach griff, deutete er auf das Zeitungsfoto. «Wir tauschen, okay?»
Der Junge löste vorsichtig das Foto von der Wand, und Paolo steckte den Geldschein in die Sammelbüchse.
«Bist du jetzt glücklich?» fragte Angelo, während Paolo Evitas Foto in seine Brieftasche steckte, direkt neben Valerie.
«Ich habe sie mir ganz anders vorgestellt, viel zierlicher und nicht so dunkel und ...» Paolo blickte sich um. Angelo hetzte draußen schon wieder hinter dem Jungen her.
«Ob das der Strand ist, Paolo?» Rosa deutete auf den Kalender über dem Schreibtisch.
«Ich habe nicht vor, hierzubleiben!»
Rosa trat an das Fenster. «Schau mal, Angelo arbeitet mit allen Tricks. Ich verstehe zwar nicht viel von Fußball ...»
Paolo nickte. «Hast du gesehen, wie er nach der Ferse getreten hat? Zum Glück ist der Junge schneller!» Ihre Blicke trafen sich.
It's now or never, pfiff der Mechaniker unter Paolos Wagen.
«Dieses Pfeifen regt mich auf, das ist kein gutes Zeichen, Rosa.»
«Geh doch mal hin!»
Paolo hob die Hände. «Bist du verrückt? Man darf diese Leute nicht drängen, sonst legen sie sofort die Arbeit nieder! Das sind Künstler! Überhaupt kön-

nen wir froh sein, daß jemand um diese Zeit bereit ist, mein Auto zu reparieren.»
«Ach, bin ich müde!» Rosa ließ sich in den roten Sessel fallen und streifte die Sandaletten ab. «Du hast doch nichts dagegen, wenn ich meine Füße auf deinen Sessel lege?» Sie fuhr sich durch das Haar und schnupperte an Paolos Jackett. «Valerie?»
«Ja, sie hat es sich oft ausgeliehen.»
«Liebst du sie?»
Paolo seufzte. «Weißt du, Rosa, ich werde Weihnachten vierzig und finde alles nicht mehr so aufregend. Ich sehe eine Frau, und sie gefällt mir. Aber wenn sie dann neben mir auf dem Sofa sitzt, weiß ich nicht, worüber ich mit ihr reden soll.»
Rosa stieß ihn mit dem Fuß an. «Du hast eine seltsame Art, Frauen kennenzulernen.»
«Aber sie ist recht wirkungsvoll.»
«Vielleicht bei Krankenschwestern!»
Paolo nickte. «Valerie ist Anästhesistin.»
Sie lachten.
«Hast du Kinder, Paolo?»
«Nein, auch keinen Hund.»
«Mein Kind wäre jetzt sechs, wenn ich damals nicht . . .»
«Du hast noch viel Zeit, Rosa!»
«Ja, ja, das sagen alle. Ob die hier was zu trinken haben?»
Paolo stand auf. «Soll ich mal den Mechaniker fragen?»

Rosa hielt Paolo am Arm fest.
In diesem Augenblick wurde gegen das Fenster geklopft. Angelo stand dort mit hochrotem Kopf und grinste.
Rosa ließ Paolo los. «Schwere Körperverletzung. Was er wohl ausgefressen hat? Bestimmt eine dumme Sache im Affekt! Irgend jemand vergißt, das Autofenster hochzukurbeln. Auf dem Rücksitz liegt eine Kamera. Der Autofahrer überrascht Angelo und ruft nach der Polizei. Angelo bekommt Angst und stößt den Mann weg. Der schlägt mit dem Hinterkopf auf den Bordstein, und schon ist der Ärger da. So könnte es doch gewesen sein!»
Paolo nickte. «Ich habe mal in der U-Bahn gesehen, wie ein Jugendlicher einen Penner zusammengeschlagen hat.»
«Warum denn?»
«Ich glaube, das war dem Jungen selbst nicht klar. Ein ganz normaler Junge, gut angezogen. Vielleicht hat es ihm nicht gepaßt, daß der Penner sich neben ihn gesetzt hat, als ob sie zusammengehörten. Irgendwann hat der Junge zugeschlagen.»
«Und was hat das mit Angelo zu tun?»
Paolo griff wieder nach der Zeitung. «Nichts!»
«Hör doch mal auf zu lesen!»
Paolo ließ die Zeitung sinken.
«Erzähl mir was über Rom!»
«Ich war fünf, als wir weggezogen sind.»
«Wohin?»

«Nach London.»
«Dann erzähl mir was über London!»
«Wir blieben nur ein Jahr dort, dann wurde mein Vater nach Kopenhagen versetzt.»
«Was hat er gemacht?»
«Er arbeitete für das Auswärtige Amt.»
«War deine Mutter Italienerin?»
«Ja, sie kam aus Pozzuoli.»
«Wie Sophia Loren!» rief Rosa begeistert.
Paolo wollte wieder nach der Zeitung greifen, aber Rosa hielt sie fest. Er erhob sich und ging zum Fenster.
«Wie kommt der Mechaniker voran?»
«Im Moment kann ich nur seine Füße sehen.»
«Und Angelo?»
«Hat gegen den Jungen keine Chance.»
«Setz dich doch wieder!»
«Ich bleibe lieber stehen!»
«Warum?»
«Nur so!»
«Hast du Angst vor mir?»
«Ein bißchen!»
Rosa nahm Paolos Hand. «Weißt du, an wen du mich erinnerst . . .»
Die Tür flog auf. Der Mechaniker warf sich in einen Drehstuhl und stellte drei Bierdosen auf den Schreibtisch.
Rosa nahm ein Bier, aber Paolo verschränkte die Arme vor der Brust und schaute auf seine Uhr.

«Was, schon zwanzig vor fünf! Wann ist der Wagen fertig?»
Der Mechaniker lächelte. «Beruhigen Sie sich, das ist überhaupt kein Problem!»
«Wann?» fragte Paolo scharf.
«Morgen.»
«Morgen?»
Der Mechaniker zuckte mit den Schultern und wählte eine Telefonnummer.
Rosa zeigte auf den Kalender über dem Schreibtisch. «Ist das der Strand?»
Der Mechaniker gab ihr eine Postkarte.
«Schau mal», Rosa zog Paolo zu sich herab, «eine schöne Stadt, nicht? Und diese verrückte Kathedrale! Wie eine Sahnetorte, was?»
Als Rosa ihr Bier ausgetrunken hatte, begleitete der Mechaniker die beiden in die Garage und trat gegen den Wagenheber.
Das Auto sackte herunter.
Paolo holte seine Papiere aus dem Handschuhfach. Rosa nahm ihre Sonnenbrille, Creme, den grünen Badeanzug und die Kamera aus dem Koffer und stopfte alles in die Taschen von Paolos Jackett.
Verschwitzt kam Angelo angestürmt, beugte sich zur Konsole hinunter und drückte dem Jungen seinen Kugelschreiber in die Hand.
Nebeneinander stiegen sie die Rampe hinauf. Über ihnen reckten sich dunkle Palmen in den blaßblauen Himmel. Es war mild und roch nach Elefanten.

Der alte Friedhof lag noch im Schatten. Paolo und Rosa waren unter einem Oleanderstrauch auf einer Bank eingeschlafen, Rosa in Paolos Jackett, Paolo mit einer leichten Gänsehaut. Angelo war in ein frisch ausgehobenes Grab gesprungen und ritzte mit einem Knochen ein Herz in den Lehm.

Nun schoß die Sonne ihre ersten Strahlen über die Friedhofsmauer. Die Vögel begannen zu singen, Salamander raschelten im Efeu, Katzen putzten sich, die Blumen öffneten ihre Blüten, und die bronzenen Engel, die die prächtigen Mausoleen bewachten, schienen zu lächeln.

«Ritueller Selbstmord mit acht Buchstaben!» Angelo hatte angefangen, laut mit sich selbst zu reden. Er roch an dem Knochen und schleuderte ihn im hohen Bogen aus dem Grab. «Wer hier wohl beerdigt wird?» Er legte sich mit dem Rücken auf den Boden und schloß die Augen. «Meine Damen und Herren, es ist soweit! Die Bevölkerung hat Abschied genommen. Drei Tage und Nächte war Angelos Leichnam in der Kathedrale aufgebahrt, und nie riß der Zug der Trauernden ab. Jetzt wird der schlichte schwarze Sarg von zwölf hochgewachsenen Blondinen auf den schönen alten Friedhof getragen. Es sind Tausende, die ihm das letzte Geleit geben, und, Sie werden es nicht glauben, meine Damen und Herren, es sind nur Frauen! Lauter schlanke, tiefverschleierte Frauen in engen schwarzen Kleidern mit roten Rosen in den Händen. Während sich jetzt der Sarg in die Erde senkt, kommt es zu ergreifenden Szenen. Einige Frauen fallen in Ohnmacht, andere wollen sich zusammen mit den Rosen, die auf den Sarg prasseln, zu dem Toten hinabstürzen. Und nun spielt ein Neger in einem glitzernden Jackett auf einem weißen Flügel *My Way* von Frank Sinatra.»

Angelo sprang auf und wischte sich eine Träne von der Wange. «Die schlafen ja noch immer!» Er hielt die Hände wie einen Trichter vor den Mund. «He, Paolo, hörst du nicht? Evita ruft dich!»

Paolo fuhr hoch und blinzelte in die Sonne.

«Ich sterbe, und du schläfst!»

Paolo rieb sich die Augen. «Wo bist du?»

«Hier im Schlammloch! Wo denn sonst?»

Paolo erhob sich und trat an das Grab. «Was machst du denn da unten?»

«Selbsterfahrung», antwortete Angelo, während er nach Paolos Beinen schnappte.

Paolo wich zurück.

«Du willst mich hier verrecken lassen, was?»

Paolo streckte eine Hand nach unten. Aber Angelo

griff so unvermittelt zu, daß Paolo das Gleichgewicht verlor und in das Grab stürzte.

«So eine Scheiße! So eine Scheiße!» schimpfte er. «Das hast du absichtlich getan!»

Angelo grinste. «Jetzt kannst du mal nachempfinden, wie sich die kleine Evita fühlt!»

«Faß mich nicht mit deinen dreckigen Fingern an!» rief Paolo.

Aber Angelo umklammerte ihn von hinten und stöhnte: «Paolo, mein Retter, endlich kommst du! Wie lange habe ich auf dich gewartet! Du holst mich raus, nicht wahr? Du bist stark! Du kannst es! Bitte, Paolo, hol mich raus!»

«Nimm deine dreckigen Finger weg!»

«Wie redest du denn mit der kleinen Evita?»

«Laß mich endlich los, mein Hemd ist schon ganz schmutzig!»

«Ach, hau doch ab, wenn dir dein Hemd wichtiger ist als ein Menschenleben!»

«Du sollst mich endlich loslassen!»

«Schrei nicht so, Paolo, du weckst noch die Toten auf!»

Immer wieder versuchte Paolo, sich aus dem Grab zu stemmen, aber Angelo hing wie ein Sack an ihm. Die Katzen hatten sich erschrocken zurückgezogen, und Rosa war aufgewacht. «Wo seid ihr?» rief sie.

«Hier im Grab!» Paolo schwenkte sein Taschentuch.

Lachend trat Rosa an die Grube. «Was macht ihr denn da unten?»
«Na, was wohl?» antwortete Angelo. «Ein Rollenspiel natürlich! Ich bin die kleine Evita, und Paolo soll mich retten. Aber er hat Angst, sich schmutzig zu machen.»
Rosa hob den Zeigefinger. «Stimmt das?»
«Warum stehst du so blöde herum?» fuhr Paolo sie an. «Hilf mir lieber raus!»
Rosa verschränkte die Arme vor der Brust. «Damit ich auch noch reinfalle?»
Angelo grinste. «Wäre doch gar nicht so übel.»
«Du mußt eine Leiter holen!» drängte Paolo.
Rosa schaute sich um. «Hier ist keine Leiter!»
«Ich kann ja auf Paolos Schultern steigen», schlug Angelo vor. «Oder hast du Angst, daß wir ohne dich abhauen?»
Paolo hob Angelo an den Hüften hoch, Rosa zog von oben. Gemeinsam holten sie anschließend Paolo aus der Grube.
Eine alte Frau hatte sie die ganze Zeit beobachtet. Nun bekreuzigte sie sich und ging kopfschüttelnd weiter.
Die drei setzten sich auf die Bank unter dem Oleander. Rosa lehnte sich an Paolo, der versuchte, mit dem Taschentuch den Lehm vom Hemd zu reiben, und Angelo kramte drei Bonbons aus der Hosentasche.
«Wo hast du die her?» fragte Paolo.

«Die liegen auf den Gräbern.»
«Bring sie zurück!»
Angelo lachte. «Glaubst du, Tote essen Bonbons?» Er steckte sich alle drei in den Mund, sprang auf, schlenderte zu einem Grabmal, das einem griechischen Tempel nachempfunden war, kletterte auf ein herabgestürztes Kapitell, zerbröselte einen der Kekse, die er in Paolos Handschuhfach gefunden hatte, und verteilte die Krümel entlang seiner Arme, die er dann weit ausstreckte. Sofort stürzten sich die Tauben auf ihn. «Seht mal, gleich fliege ich weg!» rief er zur Bank hinüber und schlug mit seinen Flügeln.
Paolo winkte ab. «Diese Nummer habe ich schon mal vor dem Centre Pompidou gesehen.» Und Rosa hatte wieder die Augen geschlossen.
Angelo jagte die Tauben auf und verschwand in dem kleinen Tempel.
Paolo hatte das Taschentuch zusammengefaltet. «Als Mama starb», begann er nun leise, «wurde es gerade Frühling, und der Himmel war so blau wie heute. Aber sie saß mit dem Rücken zum Fenster und schaute mich böse an. Ich freß dich auf! sagte sie manchmal zu mir oder: Warum gehst du nicht endlich weg mit deiner blöden Brille! Einmal, als ich sie zum Abschied küßte, hielt sie mich an den Haaren fest und biß mir ins Ohr. Ich habe sie geschlagen, Rosa! Es ging nicht anders. Sie hätte mir sonst das Ohr . . .»

Knarrend öffnete sich das schmiedeeiserne Tor des griechischen Tempels. Angelo balancierte eine Urne auf dem Kopf. Die Hände in die Hüften gestemmt, schritt er anmutig zur Bank und stellte die Urne neben Paolo ab.
Paolo rückte ein Stück näher an Rosa heran.
«Wird der Materialist nervös?» Angelo setzte sich auf die andere Seite der Urne. «Du hast doch eine Christopherus-Plakette am Armaturenbrett.»
«Bring sie sofort zurück!» befahl Paolo.
Angelo öffnete die Urne und warf eine Handvoll Asche in die Luft.
«Hör auf damit!»
«Ist doch nur Dreck!»
«Trotzdem!»
«Würdest du dich verbrennen lassen, Paolo?»
«Mach die Urne zu!»
«Also mir wäre das egal. Wenn ich tot bin, bin ich tot.»
«Wenn du wirklich so wenig Angst vor dem Tod hättest, würdest du dich weniger auffällig auf diesem Friedhof benehmen.»
«Hast du gehört, Rosa, Paolo lernt schnell!»
«Gib es doch zu, du hast Angst vor dem Sterben! Deshalb willst du nichts von Evita hören!»
«Na, und? Hast du denn keine Angst vor dem Tod?»
Paolo schüttelte den Kopf. «Meine größte Angst ist, daß ich meine Zeit nicht richtig nutze.»

Angelo nickte. «So viel bleibt dir gar nicht mehr, was?» Er stand auf und ging vor der Bank auf und ab. «Ihr kennt doch sicher diese Geschichte von dem Mann im Kühlwagen, der erfroren ist, obwohl es gar nicht kalt war? Umgekehrt müßte so was doch auch möglich sein, oder?»
Rosa gähnte. «Wenn du lange genug übst, kannst du den Rhythmus deines Herzens beeinflussen. Und wenn du es langsamer schlagen läßt, lebst du vielleicht länger.»
«Wirklich?» Angelo legte seine Rechte aufs Herz. «Es schlägt!» Er trat vor Paolo. «Jetzt schlägt es langsamer!» Er ging zu Rosa. «Nun schlägt es wieder schneller!» Er schloß die Augen. «Und jetzt möchte ich, daß es aufhört zu schlagen.»
Angelo machte sich ganz steif und kippte in Paolos Arme, der aufgesprungen war und ihn gerade noch auffangen konnte. Er legte ihn auf die Bank, mit dem Kopf in Rosas Schoß.
«Wo bin ich?» flüsterte Angelo und tastete nach ihrer Hand. «Im Himmel?»
Rosa strich ihm über den Kopf. «Du bist in guten Händen.»
Angelo lächelte.
«Du mußt mir alles erzählen, was dich quält!» hauchte Rosa.
Angelo seufzte. «Der Hunger!»
«Und was ist mit dem Seelischen?»
«Ich bin ein schlechter Mensch! Ich finde Gefallen

an großen Busen, und mit der kleinen Evita habe ich überhaupt kein Mitleid.»

«Erzähl mir etwas von deinem Vater!»

Angelo überlegte. «Im Sommer lief er nackt durchs Haus.»

«Interessant!»

«Und er hat sich immer schon ein zweites Bier bestellt, wenn das erste Glas noch halbvoll war.»

«Weiter!»

«Manchmal redet er wie ein Intellektueller.» Angelo fiel in Paolos Tonfall. «Eines muß man der italienischen Bourgeoisie lassen, sie hat Geschmack!»

«Wie sieht er aus?»

«Wie ein Wolf, so heißt er auch.»

«Und deine Mutter?»

«Ist depressiv.»

«Wie sieht sie aus?»

«Wie ein Einkaufsnetz voller Birnen.»

Rosa seufzte. «Sicher hat sie auch gute Eigenschaften, sie hat dir immerhin das Leben geschenkt!»

«Das Leben geschenkt!» Angelo lachte. «Sie haben es zu spät gemerkt. Der Alte hat mir mal alles genau erklärt, ganz offen, verstehst du?»

Rosa nickte. «Aber insgesamt war dieses Milieu doch sicher sehr affektiv!»

«Wir benutzten alle denselben Zahnputzbecher.»

«Ein gutes Zeichen!»

Angelo winkte ab. «Als ich vierzehn war, zog mein Vater zu einer anderen Frau, die Zöpfe trug, ob-

wohl sie nicht mehr die Jüngste war. Man sieht das am Hals.»
«Und deine Mutter?»
«Fing zu saufen an.»
«Und du?»
«Na, das Übliche, kleine Diebstähle, erste Strafen zur Bewährung, Einbrüche, Rauschgift, Bahnhofs ...»
«Hast du deinen Vater überhaupt nicht mehr gesehen?»
«Doch, manchmal wartete er wie ein Dealer vor meiner Schule und drückte mir ein paar Mark in die Hand.»
«Immerhin!»
«Scheiße, immerhin!» rief Angelo, fiel aber sofort wieder in seinen ironischen Ton zurück. «Vor einem Jahr habe ich ihn zum letztenmal gesehen. Auf einem Konzert, er hatte eine neue Frau dabei, halb so alt wie er. Die hatte sich Fuck You auf die Stirn tätowieren lassen. Als zum Schluß die Feuerzeuge in den Himmel gereckt wurden und sich alle in den Armen lagen, drückte mir der Alte seine unrasierte Schnauze in den Nacken und sagte, ich sei so wie er, ein echter Rock 'n' Roller.» Angelo lachte. «Der Rock 'n' Roller redigiert jetzt das Fachorgan der Schuhindustrie.»
«Und weiter?»
«Nach dem Konzert schleppte er mich noch in eine Diskothek, wo es bald Ärger gab, weil er alle

Frauen anquatschen mußte. Er ist ziemlich klein, weißt du, und kommt damit irgendwie nicht klar. Hinterher sah er böse aus, ein blaues Auge und Schnitte auf der Oberlippe. Ich habe gehört, er hat sich einen Schnurrbart wachsen lassen. Eisgrau, soll ihm gar nicht so schlecht stehen!»
Rosa seufzte. «So hat jeder sein ganz unverwechselbares Schicksal.»
«Ein schöner Spruch», höhnte Angelo, «den ritzen wir gleich hier in die Bank!»
Rosa strich ihm über den Kopf. «Ich kann verstehen, daß du jetzt wütend bist.»
Angelo schlug ihre Hand weg. «Gar nichts verstehst du, ich brauche kein Mitleid!»
Rosa nickte. «Aber Verständnis.»
«Das ist noch viel schlimmer!» Angelo sprang hoch und hob einen Stock vom Boden auf.
«Aber Rosa hat es doch nur gut gemeint.»
Angelo fuhr herum und hielt Paolo den Stock unter die Nase. «Du hältst dich da raus!» Einen Moment lang blieb er in dieser Haltung stehen, dann setzte er sich wieder auf die Bank und begann, ein Muster in den Kies zu kratzen.
Rosa streckte eine Hand nach ihm aus. «Wir mögen dich!»
«Warum denn?» Angelo wich vor Rosas Hand immer weiter zurück bis ans Ende der Bank.
«Weil du voll wunderbarer Widersprüche steckst!»
Angelo lachte bitter. «Ihr mögt mich, weil ihr euch

überlegen fühlt.» Dann sagte er wie zu sich selbst: «Warum kann ich nicht mein verdammtes Maul halten?» und warf den beiden einen flammenden Blick zu. Aber die hielten ihre Köpfe gesenkt und starrten auf den weißen Kies.

Schritte schreckten sie auf.

Ein kleiner Junge mit einem Strauß Luftballons stand vor ihnen.

«Sind die schön!» rief Rosa.

Paolo lächelte. «Such dir einen aus!»

Rosa zeigte auf ein rotes Herz, das sich übermütig in den Himmel reckte.

Der Junge gab Rosa den Ballon, und Paolo drückte ihm ein großes Geldstück in die Hand.

Angelo grinste. «Der gute Geist des Gettos!»

«Warum soll es anderen nicht gutgehen, wenn es uns gutgeht?» erwiderte Paolo freundlich.

«Euch geht's also gut, was?» Angelo begann, mit dem Stock den Oleanderstrauch zu entblättern.

Paolo schwieg, und Rosa, mit dem Herz in der Hand, wich Angelos wildem Blick aus.

Angelo faßte sie am Arm. «Bist du glücklich mit Paolos Luftballon?»

Rosa stieß Angelo zurück. Dabei riß sich das Herz los. Kerzengerade stieg es auf, vorbei an einer schwarzen Katze auf der Friedhofsmauer, die nach ihm schlug, ließ die Zypressen unter sich, stieg höher und höher in den blauen Himmel, bis es nicht mehr zu sehen war.

Die Bar hatte gerade erst geöffnet. Ein kahler Raum mit einer langen Theke, zwei kleinen Tischen, einer Toilettentür und einem Videospielautomaten, an dem ein etwa dreizehn Jahre alter Junge in einer weißen Kellnerschürze ein Sonnensystem eliminierte. An dem hinteren der beiden Tische küßte sich ein junges Paar. Sie sahen wie Zwillinge aus.

Die drei setzten sich an den freien Tisch. Rosa mit dem Rücken zum Fenster mit Blick auf das Paar, Paolo und Angelo ihr gegenüber mit Sicht auf die Straße, die beiden Stapel mit bunten Stühlen, die vor dem Fenster standen, und den Fernseher über der Eingangstür, in dem der Pressesprecher des Weißen Hauses gerade eine Erklärung über die Lage im Golf abgab. Er hatte eine rote Clownsnase aufgesetzt, um den Journalisten eine Freude zu machen.

Rosa lächelte. »Die beiden hinter eurem Rücken scheinen sich richtig zu lieben.«

»Küssen sie sich immer noch?« fragte Angelo.

Rosa nickte.

«Trotzdem habe ich Hunger.» Paolo drehte sich um. «He, gibt's hier kein Frühstück?»

Der Junge, der mittlerweile hinter der Theke Zitronen schnitt, griff in einen Korb und warf drei in Plastikfolie eingeschweißte Hörnchen herüber. Angelo fing sie auf.
«Und Kaffee!» rief Paolo.
«Für mich auch!» rief Rosa.
«Und für mich ein Eis!» rief Angelo.
Paolo zeigte zum Fernseher. «Die bringen was über die Vulkankatastrophe!»
Aber wegen eines Wasserwagens, der die staubige Straße sprengte, verstanden sie nur ein paarmal den Namen Evita.
Der Junge brachte den Kaffee und eine fleckige Karte, und im Fernsehen tanzte ein Mann über eine Seinebrücke und sang: «Ich bin verliebt in die Liebe.»
«Ich hätte gern diesen Atombombenbecher!» sagte Angelo nach einigem Suchen.
«Was?» Paolo riß ihm die Karte aus der Hand.
Rosa lachte. «Hier gibt es tatsächlich einen Atombombenbecher? Ist das süß!»
Paolo sah Angelo streng über die Karte an. «Du wirst dir doch dieses Eis nicht bestellen!»
«Warum denn nicht? Hast du Angst, daß die Milch verstrahlt ist?»
«Das ist eine ethische Frage!»
«So ein Quatsch!» seufzte Rosa. «Wahrscheinlich ist es einfach das größte Eis, das sie auf der Karte haben.»

Paolo schüttelte sich. «Ich finde diese Naivität monströs!»
«Und ich finde das hinreißend!» Rosa lächelte dem Jungen aufmunternd zu. «Ein uraltes Muster: was mich bedroht, fresse ich auf und ...»
«... verrecke dran!» fiel ihr Paolo ins Wort.
«Ach, Paolo! Können wir an diesem schönen Morgen nicht einfach mal glücklich sein?»
Bevor Paolo etwas entgegnen konnte, ertönte eine Melodie. «Happy birthday to you ...»
Die beiden Männer schauten Rosa erwartungsvoll an.
«Die Frau hat offenbar Geburtstag.»
«Und diese Musik?» fragte Paolo.
«Kommt aus einer kleinen Spieldose. Und jetzt kriegt sie erst mal einen langen Geburtstagskuß.»
Angelo grinste. «Man hört es.»
«Und der Applaus im Fernsehen?» fragte Rosa.
«Ein kleines Mädchen hat einen riesengroßen Scheck für Evita abgegeben», erklärte Paolo.
«Trotzdem will ich diesen Atombombenbecher!» wandte sich Angelo an den Jungen, der immer noch wartete.
«Wir haben auch andere Eisbecher!» Der Junge tippte auf die Karte. «Dieser hier ist nach einem Mann benannt, der in unserer Stadt zwanzig Menschen ermordet hat.»
«Wahrscheinlich ist das Eis ganz rot!» knurrte Paolo.

Der Junge nickte eifrig. «Nur Erdbeereis, und gerade arbeiten wir an einem Becher zu Ehren von diesem Mädchen in Kolumbien.»
Angelo grinste. «Eine Kugel Mokkaeis in einem See aus Curaçao ...»
«Sei sofort still!» fuhr ihn Paolo an.
Der Junge nahm die Karte, warf Paolo einen mißtrauischen Blick zu und zog sich zur Theke zurück.
«Lach doch mal!» sagte Angelo und kitzelte Paolo hinterm Ohr.
Paolo drehte sich zum Fernseher.
«Was reden die denn die ganze Zeit über Evita?» fragte Rosa.
«Es ist so eine Art Erste-Hilfe-Show für die Opfer der Vulkankatastrophe», erklärte Paolo.
«Helfen und gewinnen!» setzte Angelo hinzu.
Rosa nickte. «Und dieser Applaus, Paolo?»
«Neue Spendenzahlen. Und jetzt kommt ein kleines Mädchen mit strohblonden Haaren ins Studio.»
«Ich möchte Ihnen Bianca vorstellen, meine Damen und Herren», sagte eine freundliche Frauenstimme. «Bianca ist genauso alt wie Evita und genauso groß ...»
«Und was ist jetzt?»
«Die Moderatorin läßt das Mädchen wiegen», erklärte Angelo.
«Siebenunddreißig Kilo! Bianca hat sogar dasselbe

Gewicht wie Evita! Bianca, du hast dich bereit erklärt, bei unserem kleinen Experiment mitzumachen. Wie fühlst du dich?»

Auf der Straßenseite gegenüber zog ein alter Mann ein Garagentor hoch.

«Nun, Bianca», drängte die Moderatorin, «du möchtest nichts sagen?»

In der Garage flackerte eine Neonröhre auf. Es war ein Lager voll gebrauchter Fernseher.

«Ich verstehe das», seufzte die Moderatorin, «du bist sicher ein bißchen aufgeregt, Bianca. Aber keine Angst, es kann dir gar nichts passieren!»

«Und was ist jetzt, Paolo?» fragte Rosa.

«Die Moderatorin schiebt das Mädchen in eine Ecke des Studios. Dort ist aus Pappkartons eine Art Iglu aufgebaut.»

«Wie Sie sehen, meine Damen und Herren, haben wir Evitas Schlammloch rekonstruiert. Vielleicht kann die Kamera noch etwas näher herangehen? Ich werde jetzt Bianca bitten, hineinzuschlüpfen. Bitte, Bianca!»

«Und jetzt?»

«Das Mädchen kriecht unter die Kartons.»

«Wie geht es dir, Bianca?»

«Ganz schön eng hier.»

«Wir lassen dich jetzt einen Moment allein, Bianca, damit du dich an deine neue Umgebung gewöhnen kannst, und begrüßen einen Studiogast, den Sie sicher alle kennen.»

Applaus brandete auf, während draußen ein Mann einen Karren voller Blumen vorbeischob.
Angelo deutete mit dem Daumen auf das Paar hinter sich. «Und was macht das junge Glück, Rosa?»
«Der Mann hat der Frau ein Paket überreicht. Sie ist vor Aufregung ganz rot geworden . . . Der Knoten geht gar nicht so leicht auf . . . aber jetzt hat sie es geschafft! Noch ein paar Klebestreifen . . . nun nimmt sie den Deckel herunter . . . zieht eine Handvoll Holzwolle hervor und . . .»
«Was ist es denn, verdammt noch mal?» zischte Angelo.
«Eine Karte!»
Paolo seufzte. «Was da wohl draufsteht?»
«Ich kann ja mal zum Klo gehen!» Angelo sprang auf und stieß im Vorbeigehen gegen den Tisch des Paares. Ein leeres Glas kippte um. Angelo hob es auf und entschuldigte sich.
Nach einer Minute kam er von der Toilette zurück. «Zum Geburtstag tausend Küsse für meinen Schatz! Wie langweilig!»
«Was hast du denn erwartet?» fragte Rosa.
«Was Originelles!»
«Ich finde es originell genug, seinen Geburtstag in einer Bar zu feiern.»
Paolo schüttelte den Kopf. «Gerade daß sie es in aller Öffentlichkeit machen, finde ich ganz schrecklich!»

Angelo überlegte. «Vielleicht haben sie keine Wohnung?»
«Ach, Angelo!» Rosa schüttelte den Kopf. «Wie soll man denn glücklich sein, wenn es sonst keiner sieht?»
Drei junge Mädchen mit Schulbüchern schlenderten an der Bar vorüber. Die Mittlere blieb stehen und kontrollierte im Fenster ihre Frisur.
Angelo winkte.
Das Mädchen streckte ihm die Zunge heraus und ging weiter.
Angelo wandte sich wieder an Rosa. «Und was macht die Geburtstagsparty?»
«Die Frau hält ein kleines Päckchen aus rotem Glanzpapier in der Hand.»
Angelo grinste. «Bestimmt Dessous! Was meinst du, Paolo?»
«Vielleicht ist es Parfum!»
Papier raschelte, und jetzt riß Rosa vor Staunen die Augen weit auf. «Ein Spielzeugauto!»
«Ein Spielzeugauto?» fragten Angelo und Paolo wie aus einem Mund.
«Ja, ein Kombi.»
«Und wie reagiert die Frau?»
«Die ist sprachlos, Angelo.»
Paolo nickte. «Das wäre ich an ihrer Stelle auch.»
«Jetzt küßt sie ihn.»
Wieder kam Beifall aus dem Fernseher.
«Vielleicht kennen sie sich noch nicht lange.»

Rosa schüttelte den Kopf. «Wenn man jemand erst kurze Zeit kennt, Paolo, schenkt man etwas Unpersönliches. Dieses Auto hat bestimmt eine ganz besondere Bedeutung, die nur die beiden verstehen. Vielleicht wünschen sie sich ein Kind, oder sie haben sich in so einem Kombi zum erstenmal geliebt. Was macht eigentlich die kleine Bianca?»
Paolo hob den Kopf. «Sie schwitzt.»
«Die hat es besser als Evita», seufzte Angelo, «die friert sicher ganz erbärmlich.»
Der Junge brachte den Eisbecher. Angelo kratzte mit dem Löffel an einer grünen Kugel und hielt ihn Paolo unter die Nase. «Probier mal, ganz normales Eis!»
Paolo drehte sich zum Fenster. In dem Laden gegenüber lief jetzt auf mehreren Bildschirmen dasselbe Programm wie in der Bar. An einem hufeisenförmigen Tisch saßen drei Männer unter einer großen Landkarte von Südamerika, auf der weit oben im Norden ein rotes Lämpchen blinkte. Die drei Männer trugen karierte Jacketts, genau wie die Moderatorin, die sich zwischen sie gesetzt hatte. «Herr Professor», sprach sie nun den Mann zu ihrer Rechten an, «Sie als Vulkanologe haben doch sicher ...»
«Was ist denn jetzt?» fragte Rosa.
«Die Expertenrunde.» Paolo legte einen Finger an die Lippen.
«... können Sie eine Prognose abgeben, bleibt der

Berg in den nächsten vierundzwanzig Stunden ruhig?»
Der Vulkanologe räusperte sich. «In einer Modellrechnung haben wir den Verlauf ähnlicher eruptiver Ereignisse aus der Region mit den Daten verglichen, die wir aktuell aus Bogotá erhalten. Diese Rechnung bestätigt eine alte Erfahrung. In der Regel kommt es nämlich nach solch heftigen Eruptionen, wie wir sie jetzt am Nevado Santa Lucía erlebt haben, erst einmal zu einer temporären Beruhigung der tektonischen Kräfte ...»
Rosa schüttelte den Kopf. «Verstehst du das, Paolo?»
«Offenbar hat sich die Lage entspannt!»
«Na dann!» Angelo deutete mit dem Eislöffel über die Schulter. «Und was macht das Geburtstagskind?»
«Die Frau hat sich wohl vorgenommen, heute richtig glücklich zu sein, und packt weiter aus, obwohl es dem Mann jetzt anscheinend lieber wäre, wenn der Rest der Bescherung unter Ausschluß der Öffentlichkeit stattfinden würde.»
«Wer weiß, was noch kommt!» seufzte Paolo.
«Erst mal wieder Holzwolle, ganz viel Holzwolle, und jetzt ...»
«Was ist es denn?» drängte Angelo.
«Etwas Weiches in blauem Papier.»
«Bestimmt ein Négligé! Was meinst du, Paolo?»
«Oder ein Stofftier!»

«Nein, es ist eine Pudelmütze.»
«Eine Pudelmütze?» fragten die beiden Männer wie aus einem Mund.
Rosa nickte.
«Vielleicht wollen sie im Winter in die Berge?»
«Ach was, Paolo! Ich glaube, die beiden sind einfach pervers.»
«Natürlich, Angelo, alle sind pervers!»
Angelo grinste. «Und du ganz besonders, Wildlederschuhe ohne Socken!»
Paolo wandte sich an Rosa. «Freut sich die Frau über das Geschenk?»
«Ich weiß nicht. Sie küßt den Mann zwar heftig, aber ich glaube, sie will ihn nur ablenken. Denn dieser Kerl besteht darauf, daß sie die Mütze aufsetzt.»
«Und, tut sie es?»
«Sie ziert sich noch ein bißchen, aber jetzt hat sie die Mütze auf dem Kopf.»
«Mach doch ein Foto!» schlug Angelo vor.
«Bist du verrückt? Die beiden gucken schon die ganze Zeit zu uns herüber.»
Angelo winkte ab. «Die sollen doch froh sein, daß sie Publikum haben.» Er zeigte auf die Straße. «Schau mal da drüben, Paolo, diese Männer vor dem Fernsehladen! Haben die nichts zu tun?»
«Sei mal still!» zischte Paolo. «Ich will wissen, was der Arzt meint!»
«Habt ihr gehört?» Angelo hob den Zeigefinger.

«Er macht sich Sorgen wegen Evitas Unterkühlung. Genau, was ich gesagt habe!»
«Und der Applaus?»
«Eine Assistentin trägt eine große Tafel ins Studio», erklärte Paolo.
«Na, Carmen», sagte die Moderatorin, «nähern wir uns langsam der Million?»
«Es fehlt nicht mehr viel!» antwortete die Assistentin. «Aber was ich besonders schön finde: Es gibt schon über zweihundert Adoptionsanfragen.»
«Du kannst dich doch auch melden!» schlug Angelo vor.
Paolo winkte ab.
«Und wie geht es weiter?»
«Jetzt fragt sie den Psychologen.» Paolo legte einen Finger an die Lippen.
«. . . haben es doch mal geschafft, übers Fernsehen vier Bankräuber, die mit der Ermordung ihrer Geiseln drohten, zum Aufgeben zu überreden. Ist hier nicht etwas Ähnliches möglich, einfach nur umgekehrt?»
«Das ist richtig!» antwortete ein Mann mit Fliege. «Das Wichtigste ist, Evita immer wieder zu motivieren. Man muß ständig mit ihr sprechen, um sie am Nachdenken zu hindern. Denn wenn sie sich ihrer Lage bewußt würde, gäbe es für sie keinen Grund mehr weiterzuleben. Sie dürfen schließlich nicht vergessen, daß sie alles . . .»
«Also, wenn ich Evita wäre», seufzte Angelo, wäh-

rend er dem Jungen zuzwinkerte, der vor der Bar die Stühle aufstellte, «mich würde dieser Typ nicht motivieren!» Er schlürfte den Eisbecher leer, wischte sich mit der Hand über die Lippen und zeigte auf das Paar hinter seinem Rücken. «Ist die Geburtstagsparty zu Ende?»

Rosa schüttelte den Kopf. «Der Mann tut zwar so, als ob das Paket schon leer wäre, aber da ist bestimmt noch was drin. Jetzt versucht er sogar, es der Frau wegzunehmen, und küßt sie. Aber sie hat es fest an sich gedrückt, und während sie sich küssen, wühlt sie weiter in der Holzwolle.»

Paolo stöhnte. «Bestimmt kommt jetzt etwas ganz besonders Unangenehmes.»

«Hoffentlich!» sagte Angelo mit leuchtenden Augen.

Erwartungsvoll starrten die beiden Männer Rosa an, während die Moderatorin einen neuen Studiogast ankündigte.

«Meine Damen und Herren, Sie kennen ihn alle, denn er ist nicht zu übersehen. Gestern abend hat er noch im Madison Square Garden gekämpft, heute ist er bei uns, der frischgebackene Weltmeister der Gewichtheber!»

«O Gott!» entfuhr es Rosa. Sie preßte eine Hand vor den Mund und versteckte sich prustend hinter Paolo.

«Was ist es denn?» drängte Angelo.

«Eine Kerze, die wie ein Penis aussieht!»

Paolo faßte sich an den Kopf. «Wie geschmacklos!»
Angelo bückte sich und tat so, als müsse er sich die Schuhe zubinden.
Mit der roten Pudelmütze auf dem Kopf saß die Frau hinter der Kerze und wagte sie nicht zu berühren.
Grinsend tauchte Angelo wieder auf. «Und dann auch noch lila!»
Paolo seufzte. «Wäre mir das peinlich!»
Ein schrilles Lachen ertönte.
«Was ist denn jetzt?» fragte Angelo.
«Die Frau versucht, die Sache mit Humor zu nehmen.»
«Was bleibt ihr anderes übrig?» Paolo wandte sich wieder dem Fernseher zu.
Die Moderatorin hatte das Interview mit dem Weltmeister der Gewichtheber beendet. Nun zog sie ihn mit sich zu dem Mädchen, das erwartungsvoll unter den Kartons hervorschaute.
«Hallo, Bianca!» rief der Weltmeister. «Wie geht's?»
«Ziemlich heiß hier!»
Der Weltmeister lachte. «Da hast du es besser als Evita, die friert sicher.»
«Habt ihr gehört?» rief Paolo in Angelos Tonfall. «Genau, was ich gesagt habe!»
Angelo boxte ihn in die Seite und zeigte auf den Fernseher. Die Moderatorin wandte sich gerade an die Zuschauer.

«. . . letzten zwölf Stunden erreichen uns pausenlos Ihre Telefonanrufe. Tausend Fragen nach der kleinen Evita. Die Frage, die am häufigsten gestellt wird, lautet: Warum können die Helfer und die Journalisten nicht mal alle zusammen anpacken und die arme Evita endlich befreien?» Die Moderatorin lächelte nachsichtig. «Es geht nicht so einfach, wie man sich das vielleicht vorstellt. Um Ihnen das einmal zu demonstrieren, haben wir diese Kartons aufgebaut, und unser Studiogast wird gleich versuchen, die Betontrümmer aus Pappe zu . . .»
«Sie brauchen Feuer!» platzte Angelo heraus, nahm Rosas Streichhölzer und sprang auf.
Aber das Paar war verschwunden. Unter dem kleinen Metallteller mit der Rechnung steckte ein Geldschein, und darauf stand die Kerze.
Der Weltmeister der Gewichtheber hatte sein Jakkett abgelegt und die Krawatte gelockert. Er stieg auf ein Treppchen und bückte sich. Bianca winkte. Jetzt hob der stärkste Mann der Welt den obersten Karton, und alles stürzte wie ein Kartenhaus zusammen.

Das antike Theater lag hoch über dem Hafen auf einem roten Felsen. Vom obersten Rang reichte der Blick über die ganze Bucht bis zu einer Vulkaninsel weit draußen im blauen Dunst. Die Stadt wurde von einer gewaltigen Mauer verdeckt. Sie schloß die Bühne zum Meer hin ab. In fünf Portalen standen übermannshohe Figuren aus weißem Marmor, ein Satyr mit einem Füllhorn, ein Diskuswerfer, ein Sänger mit einer zerbrochenen Leier, ein Denker mit einem langen Bart und ein Jüngling mit dem Leib eines Pferdes.

Rosa schlief auf einem der mittleren Ränge. Ihr Kopf ruhte auf Paolos Jackett, ihre Bluse hatte sie über dem Bauchnabel verknotet. Neben ihr saß Paolo und las in einem Buch. Angelo strich mit einer Coladose ziellos umher und scheuchte die Zikaden auf. Und eine amerikanische Reisegruppe verließ das Theater gerade durch ein Loch in der Bühne.

Ein Schatten fiel auf Paolos Buch.

«Na, ist das interessant?» fragte Angelo.

Paolo nickte. «Das Theater faßte früher zwanzigtausend Zuschauer, und bei Regen wurde ein rie-

siges Segel über die Tribüne gezogen. Kannst du dir das vorstellen?»
«Zwanzigtausend», wiederholte Angelo und starrte dabei unverwandt die schlafende Rosa an.
«Für dieses Segel war eigens eine Schiffsbesatzung abkommandiert und . . .»
«Eine Schönheit ist sie nicht!» Angelo deutete mit der Dose auf Rosa. «Hast du schon bemerkt, daß ihr linkes Ohr absteht? Und diese schrägen Augen! Aber irgendwie erhöht das ihren Reiz. Es ist wie bei den Afrikanern . . .»
Paolo ließ das Buch sinken.
«Na, wenn die so richtig in Fahrt sind mit ihren Trommeln, brechen sie den Rhythmus ab, damit man merkt, wie gut er ist. Jedenfalls, mir gefällt das Ohr, und für den lädierten Schneidezahn schenken wir ihr eine Porzellankrone.» Angelo setzte sich hin und versuchte, Rosa unter die halbgeöffneten Lider zu schauen.
«Laß sie schlafen!» knurrte Paolo.
«Du tust ja so, als ob sie dir gehört! Aber wer hat sie denn an der Tankstelle angesprochen?»
Paolo zog eine Münze aus der Tasche. «Kopf oder Zahl?»
Angelo zeigte auf das Meer. «Aus diesem Vulkan kommt tatsächlich Rauch!»
Paolo las weiter.
«Denkst du oft an Valerie?»
Paolo nickte.

«Wenn ich richtig verrückt wäre nach einer Frau, könnte ich nicht so ruhig dasitzen und lesen.»
Paolo blickte auf. «Und was wäre gewonnen, wenn ich wie ein Tiger im Käfig auf und ab rennen würde?»
«Nichts, trotzdem!»
«Trotzdem was?»
«Na, ich hätte Angst, daß sie sich in einen anderen verknallt.»
«Und wenn schon. Was sollte ich dagegen unternehmen?»
«Nichts!»
«Dann kann ich doch auch lesen!»
Angelo nahm einen kräftigen Schluck. «Die kleine Evita hast du wohl auch vergessen, was?»
«Ich denke an sie.»
«Beim Lesen?»
Paolo nickte.
«Also, ich an deiner Stelle wäre eifersüchtig.»
Paolo holte tief Luft. «Auf wen denn, verdammt noch mal?»
Angelo zuckte mit den Schultern. «Einfach nur so!»
Paolo drehte ihm den Rücken zu und entfaltete eine Karte.
«Weißt du eigentlich, daß ich schrecklich eifersüchtig sein kann?»
Paolo gab keine Antwort.
«Du nicht, was?» Angelo hatte seinen rechten Arm

ausgestreckt und begann, die Coladose genau über Rosas Bauchnabel zu kippen.

Blitzschnell drehte sich Paolo um und schlug Angelo die Dose aus der Hand. Scheppernd rollte sie von Stufe zu Stufe die steile Tribüne hinab.

Rosa öffnete die Augen und gähnte. «Ich hab vielleicht was Komisches geträumt!» Sie zündete sich eine Zigarette an und nahm ein paar tiefe Züge. «Ich war in Italien, am Gardasee, in dem alten Garten der Pension, wo wir als Kinder immer den Sommer verbracht haben. Es war alles so wie früher, die grünen Gartenstühle, der Tisch aus Eisen mit der gesprungenen Marmorplatte, die Lorbeerbäume, der Brunnen mit dem Liebespaar und der seltsame Berg mit der Nase. Aber in meinem Traum stand der Berg direkt hinter dem Haus, und er war unglaublich hoch und trug eine Mütze aus Eis. Der Garten war verwildert, die Lorbeerbäume waren geköpft, den Liebenden waren die Arme abgebrochen. Auf dem schiefen Tisch balancierten Gänse, und es wehte ein scharfer Wind. Ich saß bei einem fremden Mann auf dem Schoß, der hatte einen mächtigen Kopf und sah aus wie ein griechischer Gott. Mama schälte mit einem Messer eine Orange für mich. Der Streifen in ihrer Hand wurde immer länger, während der Wind ihn hochblies. Bald legte er sich wie eine Schlange um ihren Hals. Mama röchelte mit weitaufgerissenen Augen und griff danach. Ich wollte ihr helfen, aber der Mann hielt mich fest. Mama öffnete ihren Mund zu einem Schrei, aber ich hörte nichts. Eine Bö riß sie vom Stuhl, der Wind griff ihr unters Kleid und wehte sie über meinen Kopf. Sie stieg vor dem Berg auf, mit angelegten Armen, wie ein Soldat. Der Orangenstreifen zog sie immer höher, schließlich verschwand sie in den Wolken.»

Mit ihrer Zigarette deutete Rosa zum Himmel, als sähe sie dort oben ihre fliegende Mutter.

Paolo und Angelo legten ihre Köpfe in den Nacken, aber da war nur ein Düsenjäger, der einen weißen Streifen zog.

Rosa griff den beiden Männern ins Genick, daß sie zusammenzuckten, und fuhr fort: «In diesem Moment spürte ich einen Schlag im Nacken, der Kapitänskopf des Mannes war herabgesunken. Er war eingeschlafen. Ist das nicht komisch?»

Angelo kratzte sich am Kopf. «Sehr komisch!»

«Eine Rose gebrochen, ehe der Sturm sie entblättert!» seufzte Paolo.

Rosa schaute ihn verwundert an.

«Das ist doch ganz einfach.» Paolo lächelte. «Der Mann mit dem Kapitänskopf ist dein Vater, und der Traum erzählt davon, daß du gern ein sexuelles Erlebnis mit ihm gehabt hättest, und weil deine Mutter dabei störte, hast du sie zum Mond gewünscht.»

Mit einem klagenden Laut sprang Rosa auf und stürmte, sich die Haare raufend, die Zuschauerrän-

ge hinunter auf die Bühne. Dort warf sie sich dem zottigen Satyr an die Brust und rief: «Vater! Vater! Warum hast du mich verlassen?» Dann taumelte sie, die Hände ans Herz gepreßt, an den Bühnenrand und verkündete mit wehmütigem Lächeln: «Papa war ein schöner Mann mit pechschwarzem Haar. Er konnte mit bloßen Händen ein Telefonbuch zerreißen, und alle Frauen drehten sich nach ihm um. Aber er liebte nur mich. Als ich noch ein kleines Mädchen war, schlug er manchmal wie ein Jagdhund seine Zähne in mein Kleid und trug mich durch den Garten. Eines Tages kam er von einer Geschäftsreise nicht mehr zurück. Ich war gerade zehn.» Rosa schluchzte laut auf. «Ein Bild von den Trümmern der Maschine hängt in New York im Museum of Modern Art.»
«Hatte er einen stechenden Blick?» rief Angelo.
Rosa lächelte. «Er hatte wunderschöne Augen!»
Jetzt fiel sie dem Diskuswerfer zu Füßen und biß ihm in den kleinen Finger der linken Hand, die beim Schwungholen fast den Boden berührte. «Der zweite Mann in meinem Leben war Stabhochspringer.» Rosa hüpfte in drei Sätzen an den Bühnenrand, legte ihre Hände um den Hals und begann zu taumeln. «Manchmal würgte er mich mit seinem Stirnband. Was sagt ihr dazu?»
Angelo sprang auf. «Dieses Schwein!»
«Vielleicht hat er eine schwere Kindheit gehabt?» sagte Paolo nachdenklich.

Rosa nickte. «Er hat Schildkröten die Beine ausgerissen und Goldfische mit der Schere durchgeschnitten. Trotzdem habe ich ihn geliebt!»
«Die Liebe, die Liebe ist eine Himmelsmacht!» grölte Angelo so laut, daß der Salamander, der sie schon eine Zeitlang beobachtet hatte, flüchtete.
«Wollt ihr wissen, wie es weiterging?»
«Ja!» riefen die beiden Männer.
Rosa schlug mit den Armen wie ein Vogel und segelte so lange über die glattgescheuerten Steine, bis sie in das schwarze Loch stürzte, in dem die Amerikaner verschwunden waren. Die Männer schauten sich besorgt an, aber Rosa hüpfte schon wieder über die Bühne und rief: «Eines Tages schoß er über sein Ziel hinaus, und ich war frei!» Dann begann sie sich zu drehen, drehte und drehte sich immer schneller, bis sie zu Boden sank und ausgelassen mit den Händen auf die Steine trommelte.
«Was ist daran wohl so lustig?» fragte Paolo.
Angelo seufzte. «Sie ist verrückt!»
Rosa hatte sich inzwischen am Knie des Sängers niedergelassen. «Mein nächster Mann war Neapolitaner, er sah aus wie Angelo.»
Angelo winkte. «Du bist sicher sehr glücklich gewesen mit ihm, was?»
Rosa warf Angelo eine Kußhand zu. «Er hatte eine ganz weiche Haut.»
Angelo stieß Paolo an. «Hör gut zu!»
Rosa rupfte einen Grashalm ab. «Er war Saxopho-

nist.» Sie legte den Grashalm zwischen ihre Daumen und blies darauf. «Habt ihr gehört? Er konnte genau den Ton ins Telefon blasen, bei dem sich der Gebührenzähler ausschaltet. Er rief mich jede Nacht an, aus Mailand, aus Berlin, aus San Francisco.»

Angelo hielt sich die Nase zu und quäkte: «Rosa, meine Rose!»

«Mein Engel!» quäkte Rosa zurück. «Wie geht es dir?»

«Ich kann nicht frei sprechen, Liebling!» Angelo warf einen Seitenblick auf Paolo.

«Liebst du mich?»

«Ich würde für dich sterben!»

«Denkst du oft an mich?»

«Tag und Nacht!»

«Und die anderen Frauen?»

«Interessieren mich nicht!»

Paolo klopfte mit einem Schuh auf die Steine. «Dauert das noch lange, junger Mann? Ich möchte auch mal telefonieren!»

«Schnell, meine Rose», drängte Angelo, «sag noch was!»

«Ich liebe dich!» quäkte Rosa.

Es klopfte wieder.

«Ich liebe dich auch!» quäkte Angelo.

Das Klopfen wurde lauter.

«Ciao, mein Engel!»

«Ciao, meine Rose!»

Einen Moment lang war es vollkommen still. Dann reckte Rosa ihre Arme zum Himmel und schluchzte: «Eines Tages haben sie ihn erwischt, und er mußte ins Gefängnis. Ist das nicht schrecklich?»
«Aber die Liebe war stärker als alle Mauern!» rief Angelo. «Du hast in einer Bar gearbeitet, um den besten Anwalt der Welt bezahlen zu können, aber hast dich von niemandem anfassen lassen und den Champagner immer in die Blumen gekippt.»
Rosa hatte sich auf den Bauch gelegt und den Kopf in die Hände gestützt. Jetzt sprang sie wieder auf und lachte. «Ich habe ihn vergessen!»
Die beiden Männer schauten fassungslos zur Bühne. Rosa stolzierte hüftwackelnd über die Steinplatten.
«Verstehst du das?» fragte Angelo.
Paolo schüttelte den Kopf. «Wenn wir so was tun würden!»
«Das Leben ist kurz!» rief Rosa. Sie jagte einen Schmetterling.
«Und wo bleibt die Verantwortung?»
Rosa lachte. «Ach, Paolo, ich war noch so jung!»
«Der arme Italiener!» seufzte Angelo.
Aber Rosa war bereits auf den Schoß des Denkers geklettert und lachte. «Der Student schrieb Gedichte für mich!»
«Was ist denn so komisch an Gedichten?» rief Paolo.
Rosa sprang von der Statue herunter, stemmte die

Arme in die Hüften und erklärte mit tiefer Stimme: «Sie machen auf Dauer nicht satt!»
Angelo stand auf. «Du hättest am besten auf den Italiener gewartet!»
Paolo zog ihn wieder zu sich hinab. «Der Student war sicher sehr wichtig für Rosas Entwicklung. Bestimmt hat sie viel von ihm gelernt!»
Rosa hatte aufmerksam zugehört. Nun hielt sie ihre Hände wie ein aufgeschlagenes Buch vor die Brust, überquerte die Bühne mit zierlichen Schritten und sang dazu in der Melodie eines Psalms: «Ich lernte, daß ich eine Gefangene meines Körpers war, ausgebeutet und erniedrigt. Ich lernte, daß ich ein Objekt war, geformt nach den Vorstellungen der Männer.» Am linken Bühnenrand kehrte sie um. «Und ich lernte, daß ich ein falsches Bewußtsein hatte und ganz falsche Bedürfnisse.»
«Das war objektiv sicher richtig!» rief Paolo.
Rosa griff sich ans Herz. «Aber ich war glücklich!»
«Das hast du dir nur eingebildet!»
Rosa faßte sich an den Kopf. «Das hat der Student auch gesagt.»
Paolo hob den Zeigefinger. «Siehst du, wie wichtig der Student für Rosa war.»
Angelo grinste. «Eigentlich ist es doch scheißegal, ob man die richtigen oder die falschen Bedürfnisse hat, solange man es nicht merkt.»
Rosa hatte sich auf den Zentaur geschwungen und tätschelte den glänzenden Pferdehintern.

«Dein nächster Mann hat dir die Natur nähergebracht, was?» rief Angelo.
Rosa lachte. «Ihm gehörte eine Computerfabrik, aber er hat sie seinen Angestellten geschenkt. Er brauchte sie nicht mehr, denn er hatte eine Technik entwickelt, sich von Chlorophyll zu ernähren. Die meiste Zeit saß er in seinem Garten auf einer Decke und war zufrieden.» Rosa sprang von dem Zentaur herab und setzte sich an den Bühnenrand. «Manchmal nahm er meinen Fuß und erklärte mir meine Psyche.» Sie zog ihren linken Fuß unter dem rechten Bein hindurch und betrachtete die Sohle ihrer Sandalette. «Es sähe gar nicht gut aus, sagte er, ich hätte mich zu sehr verhärtet.»
Die beiden Männer schauten jetzt auch unter ihre Schuhe.
«Dieser starke Zug zur Wiederholung!» murmelte Angelo und fuhr mit dem Zeigefinger über die groben Stollen.
«Und dieses fehlende Profil!» Paolo deutete auf die abgelaufenen Stellen der Kreppsohle.
Angelo schaute unter den anderen Schuh, dessen Sohle unterhalb des Absatzes gebrochen war. «Und auf der anderen Seite diese Zerrissenheit!»
Paolo rupfte ein paar Gummireste vom Rand der Sohle. «Aber all das hat natürlich auch seine Wirkung gezeigt und zu einer starken Abnutzung geführt.»
«Das hat der Mann auch gesagt!» keuchte Rosa.

Sie hatte begonnen, auf der Stelle zu laufen. «Wenn wir uns liebten, korrigierte er meine Atmung.» Rosa lief schneller und schneller und sank schließlich mit einem Schrei auf die Steine.
Nach ein paar Sekunden schlug sie wieder die Augen auf und lächelte. «Ich begann mich zu entspannen.» Sie erhob sich langsam. «Mein Körper streckte sich.» Sie warf den Kopf zurück. «Ich fühlte neue Kraft.» Sie stemmte die Hände in die Hüften und blitzte die beiden Männer herausfordernd an. «Ich konnte endlich nein sagen!»
«Gehst du mit mir essen?» rief Angelo.
Rosa stampfte mit dem Fuß auf. «Nein!»
«Fährst du mit mir weg?» rief Paolo.
«Nein!» Rosa drehte ihnen den Rücken zu.
«Sie braucht uns nicht mehr», seufzte Angelo.
Paolo nickte. «Gar kein gutes Ergebnis.»
Angelo versuchte es noch einmal. «Ich bin so einsam ohne dich, Rosa!»
«Du hast doch Paolo!»
«Sie ist bestimmt noch nie verlassen worden», überlegte Paolo, «deshalb fühlt sie sich stark.»
«Sie hat wahrscheinlich immer die freie Auswahl gehabt.»
«Wie Valerie!»
«Sie hätte am besten auf den Italiener gewartet», sagte Angelo nachdenklich.
Paolo schüttelte den Kopf. «Der Student hatte auf sie den besten Einfluß.»

«Aber der hat sie nicht satt gemacht!»
«Intellektuell schon!»
Angelo grinste. «Na und?»
«Du Sexist!» Paolo rückte ein Stück von Angelo ab.
«Und du bist wahrscheinlich impotent!»
«Du auch!»
Angelo sprang auf. «Zieh dein Schwert, wenn du ein Mann bist!»
«Welches Schwert?» Paolo blickte erstaunt zu Angelo hoch, der mit dem rechten Arm vor ihm in der Luft fuchtelte.
«Komm, du Feigling», lockte Angelo, «kämpfe mit mir um die schöne Rose!»
Paolo winkte ab. «Du kannst sie haben!»
«Los, kämpfe!» Angelo zog ihn am Hemd.
Zögernd begann sich Paolo zu wehren, aber bald wogte der Kampf hin und her. Verbissen fechtend erreichten sie die Bühne. Als Angelo nun zum Todesstoß ansetzen wollte, stolperte er und stürzte zu Boden.
Paolo setzte den rechten Schuh auf seine Brust und rief: «Nun, Elender, dein Leben ist verwirkt, und die schöne Rose ist mein!»
«Schone mich nicht», hauchte Angelo, «ich habe verloren!»
Paolo zögerte. «Du hast tapfer gekämpft, ich möchte nicht an deinem Blute schuldig werden!»
«Erlöse mich doch, Freund, von den Höllenqualen dieser unmöglichen Liebe!» flehte Angelo.

Bewegt rief Paolo: «Warum seid ihr so grausam, Götter? Erst im Tod wird der Feind zum Freund und die Geliebte zur Medusa!» Er holte aus und wollte zustoßen . . .

«Die Motorpumpe kommt!» Angelo zeigte zum Himmel.

Dröhnend überflog ein Hubschrauber das Theater.

«Schade!» rief Rosa und kam, ein Polaroidfoto schwenkend, auf sie zu. «Wenn ihr nicht nach dem Hubschrauber geschaut hättet, wäre es ein richtig schönes Bild geworden!»

Die Kathedrale war erfüllt vom Dröhnen der Orgel, helle Lichter tanzten auf dem weißen Marmorboden, und aus der mächtigen Kuppel schwebte auf einer rosa Wolke ernst und gütig der Erlöser herab, dem sich aus geborstenen Gräbern Tausende nackter Leiber entgegenreckten. Staunend ließen die drei den Blick schweifen. Paolo und Rosa saßen in der letzten Bank, und Angelo, der zum erstenmal in einer Kirche war, kniete hinter ihnen.

Als die Orgel verstummt war, hörten sie wieder den Lärm des Marktes. Das Rufen der Fischverkäufer, den Lautsprecherwagen mit der Kinowerbung, das Pfeifen des Polizisten und das Geschrei des Afrikaners, der Rosa einen gelben Plastikschmetterling fürs Haar aufgeschwatzt hatte und Paolo einen Strohhut.

«Bis daß der Tod euch scheidet», seufzte Rosa, «wie romantisch!»

Durch die Laterne in der Spitze der Kuppel fiel ein gleißender Lichtstrahl auf ein Brautpaar, das vor dem Hochaltar die Ringe tauschte. Und aus den vorderen Reihen kam verhaltenes Schluchzen.

«Ich finde diese Kultur vollkommen exotisch!»

sagte Paolo so laut, daß sich ein paar alte Frauen in Schwarz umdrehten.

«Stimmt was nicht?» fragte er.

«Dein Hut!» flüsterte Rosa.

Paolo nahm den Strohhut ab und drehte ihn in den Händen. «Ich bin liberal aufgewachsen, ohne Himmel und Hölle.»

«Was habe ich früher Angst gehabt vor dem Teufel!» seufzte Rosa. «Eigentlich hatte ich vor allem Angst, es war eine wunderbare Zeit. Die vielen Geheimnisse, der Kerzengeruch und die feierlichen Gesänge. Und immer habe ich mich schuldig gefühlt, alles war verboten und unanständig. Wie aufregend war das! In unserer Kirche stand der heilige Sebastian, im Lendenschurz, durchbohrt von hundert Pfeilen. Mit brechendem Blick schaute er auf uns herab, als wollte er sagen: Was habe ich euch denn getan? Und wie schön war er! Wenn ich ihn manchmal während der Messe ansah, war es, als würde er mir zuzwinkern, mir ganz allein.»

Paolo lächelte. «Die kleine Evita ist bestimmt auch jeden Sonntag in so eine Kirche gerannt und hat zu ihrem Lieblingsheiligen gebetet. Aber dieser Heilige kann nicht einmal verhindern, daß ein Vulkan ausbricht, dabei soll der Glaube doch Berge versetzen! Und der liebe Gott hilft ihr auch nicht, er kann wegen Nebel nicht einfliegen. Wenn Evita Glück hat, liest der Papst eine Messe für sie.» Er nahm eines der Gebetbücher, die am Ende der Bank aufgestapelt waren, und blätterte darin. «Als meine Mutter im Sterben lag, rief irgend jemand den Priester, obwohl Mama nie in die Kirche gegangen war. Als der Geistliche dann seine Amulette und Talismane auspackte, betrachtete ihn Mama genauso mitleidig wie die Ärzte mit ihren Spritzen, die ihr auch nicht mehr helfen konnten. Und sie hat diesen Mann nur aus Höflichkeit nicht aus dem Zimmer gejagt.» Paolo deutete zur Kanzel. «Das Weib sei dem Manne untertan! Hörst du, Rosa, wie patriarchalisch diese Ideologie ist?»

Der Priester hatte sich weit vorgereckt, und die Gläubigen duckten sich, als träfen seine Faustschläge, mit denen er die wichtigsten Sätze unterstrich, nicht die Kanzel, sondern ihre Köpfe. Jetzt verglich er die Ehe mit einem Hafen, und genau in diesem Moment tutete ein Dampfer.

Rosa lächelte. «Ich finde diesen alten Priester mit seinem langen Bart und den blitzenden Augen hinreißend!»

«Hinreißend?» wiederholte Paolo. «Er ist ein Arschloch!»

«Warum bist du so gereizt?»

«Bitte nicht schon wieder Therapie, Rosa!»

«Aber warum regt dich dieser Mann auf?»

«Du regst mich auf mit deiner Nostalgie! Mit dieser Einstellung kann man auch noch dem Faschismus Unterhaltungswert abgewinnen!»

«Aber das ist doch etwas ganz anderes, Paolo!

Ich hatte eine schöne Kindheit und lasse sie mir von niemandem wegnehmen! Du bist doch nur eifersüchtig, weil es in eurem aufgeklärten Milieu vor lauter Freizügigkeit bestimmt ganz langweilig war.»

Paolo schlug das Gebetbuch zu und verschränkte die Arme vor der Brust.

Jetzt erklang das Läuten heller Glöckchen.

«Was ist denn das?» fragte Angelo erstaunt.

Der Priester reckte einen goldenen Kelch in die Höhe.

«Die Wandlung!» erklärte Rosa. «Aus dem Wein wird das Blut und aus dem Brot der Leib Jesu Christi.»

«Hokuspokus Fidibus, dreimal schwarzer Kater», sagte Paolo so laut, daß sich die Frauen wieder umdrehten. «Ist ja schon gut, ihr alten Krähen! Ich nehme euch euren lieben Gott nicht weg!»

«Warum bist du so intolerant?» fragte Rosa.

«Intolerant?» Paolo lachte. «Ich will dir mal eine Geschichte erzählen über die Toleranz der Katholiken. In einer Kirche, in die ich ein paarmal zur Schulmesse gehen mußte, bis mich meine Eltern davon befreiten, saß ein kleiner Neger aus Gips mit einem Schlitz im Schoß, und wenn man ein Geldstück einwarf, nickte er.»

«Ein Nickneger, wie süß!»

«Ganz richtig, Rosa, ein süßer Nickneger! Irgendwann war der Mechanismus kaputt, und der Neger nickte nicht mehr. Da haben sich die Leute beim Pfarrer beschwert, sie seien erst dann bereit, weiter für die Hungernden in Afrika zu spenden, wenn die sich auch wieder dankbar zeigen würden. Aber der Neger blieb halsstarrig. Eines Morgens fand man ihn mit abgeschlagenem Kopf.»

«Mir tun die Knie weh!» stöhnte Angelo.

Paolo nahm seinen Hut. «Kommt, wir gehen!»

Aber Angelo hielt ihn zurück. «Ich finde das alles sehr interessant hier! Was ist denn das für ein Häuschen da drüben?»

«Ein Beichtstuhl», erklärte Rosa, «da kannst du dem Priester deine Sünden bekennen.»

Angelo grinste. «Hast du das früher auch getan?»

«Natürlich.»

«Und der Priester hört sich alles an?»

«Ja, du beginnst mit dem ersten Gebot und hörst mit dem zehnten auf.»

Angelo zupfte Paolo am Ohrläppchen. «Das wäre nichts für dich, was?»

Paolo schüttelte sich.

«Aber ich kann es mal für dich versuchen!» Angelo reckte seinen Kopf noch weiter nach vorn, so daß seine Lippen fast Rosas Ohr berührten. «Mein schwerster Fehler ist meine Überheblichkeit.»

Rosa nickte. «Und wie äußert sich das, mein Sohn?»

«Ich halte mich für besser als alle anderen Menschen, und eigentlich tue ich meine guten Werke aus Eitelkeit. Auch diese beiden Tramper habe ich nur mitgenommen, damit sie sehen, wie großzügig ich bin. Die Frau ist ja ganz nett, und ich habe mir schon überlegt, wie es wäre, wenn . . .»

«Das kommt erst beim sechsten Gebot, mein Sohn!» unterbrach ihn Rosa.

Angelo nickte. «Aber dieser Angelo stellte meine Geduld wirklich auf eine arge Probe, Vater. Er muß immer das letzte Wort haben. Dabei hätte ich doch so gern recht, und manchmal könnte ich ihn . . .»

«Du mußt verzeihen lernen, mein Sohn, und nicht so unduldsam sein! Gerade der Gerechte muß Unrecht erdulden um der Gerechtigkeit willen.»

Angelo überlegte. «Ich weiß nicht, mein Vater, wie ich es ausdrücken soll, eigentlich ärgert mich am meisten, daß ich der einzige Mensch auf der Welt bin, der sich an meine schönen Regeln hält.»

«Aber gerade das wird der Schöpfer tausendfach belohnen!»

«Und erst dieses Mädchen aus Kolumbien!»

«Ich weiß, mein Sohn, du hast es in dein Herz geschlossen.»

«Also, wenn ich mal ehrlich sein soll . . .» Angelo zögerte, «der einzige, den ich wirklich in mein Herz geschlossen habe, bin ich selbst.»

Rosa lächelte. «Das kommt davon, daß du das einzige Kind deiner Eltern bist, mein Sohn.»

«Diese Vulgärpsychologie ist doch zu blöde!»

zischte Paolo, und wieder flogen die Köpfe mit den schwarzen Tüchern nach hinten.
«Mäßige dich, mein Sohn», ermahnte ihn Rosa, «du bist hier im Hause des Herrn!»
Paolo holte tief Luft. «Daß ich am Schicksal der kleinen Evita Anteil nehme, ist doch ein Akt selbstverständlicher Nächstenliebe!»
«Nächstenliebe?» wiederholte Angelo. «Was ist das denn?»
«Das weißt du ganz genau!» fuhr ihn Paolo an. «Du wirst es nicht glauben, Rosa, aber Angelo ist mal einen Samstag lang mit einem Schild herumgelaufen, auf dem stand: Stell dir vor, es ist Krieg, und keiner geht hin! Dabei kommt der Krieg doch längst ohne uns aus, er funktioniert von selbst!»
«Ob das vernünftig war, ist doch egal!» flüsterte Rosa. «Angelo hat es in bester Absicht getan.»
Paolo nickte. «Um an eine Frau heranzukommen.»
«Stimmt das?» fragte Rosa.
Angelo senkte den Kopf.
«Das war sehr pharisäerhaft!» Rosa zeigte auf einen Seitenaltar. Zwischen Krücken, Holzbeinen und Fußbällen lächelte eine Madonna im Schein unzähliger Kerzen, deren Rauch ihr Gesicht geschwärzt hatte. «Zur Buße stellst du dort drüben eine Kerze für Evita auf! Aber», und nun schaute sie Angelo eindringlich an, «das kostet etwas!»
«Abrakadabra», murmelte Paolo, während Angelo eine Kerze anzündete. «Hoffentlich wirkt der Zau-

ber! Und wenn nicht, ist es auch egal. Angelo hat schließlich in bester Absicht gehandelt, und darauf kommt es doch an, oder?»

Rosa stieß ihn in die Seite. «Ich glaube, wenn man sich etwas ganz fest wünscht, dann geht es in Erfüllung.»

Paolo nickte. «Du schickst wahrscheinlich auch solche anonymen Briefe herum, wie ich sie immer bekomme! Eine Friseuse aus Singapur erhielt diesen Brief, kopierte ihn zehnmal und schickte ihn weiter, um die Kette nicht zu unterbrechen. Noch am selben Abend lernte sie einen netten jungen Mann kennen, einen kleinen Liftboy aus einem großen Hotel. In Wirklichkeit aber war er der einzige Erbe einer russischen Gräfin, die in Bolivien eine Kupfermine besaß. Ein Bankkassierer aus Brüssel, der an den Zauber des Briefes nicht glaubte und ihn verbrannte, wurde am nächsten Tag von seinem eigenen Hund angefallen, der ihm das Gesicht zerfleischte. Daraufhin verließ ihn seine Frau, er verlor seinen Job, und schließlich stürzte er sich von einem Hochhaus, da er sich nicht einmal mehr selbst im Spiegel erkannte. Ein Geschäftsmann in Lissabon . . .» Paolo zeigte zum Hochaltar. «Jetzt schau dir mal diesen verrückten Angelo an!»

In einer langen Schlange warteten die Gläubigen vor der Kommunionbank, und ganz am Ende stand Angelo. Und als er seine schwarzen Locken zurückwarf, weil der Priester ihm die Hostie auf die

Zunge legte, sah er in dem staubigen Licht, das durch die Kuppel fiel, fast so unschuldig aus wie die nackten Putten im Gefolge des Erlösers.

«Was mache ich jetzt?» fragte Angelo, als er wieder in der Bank kniete.

«Jetzt mußt du mit dem Herrn sprechen!» erklärte Rosa.

Paolo lächelte. «Vielleicht kannst du ihm noch ein paar Stunden für Evita abhandeln.»

Angelo schloß die Augen. «Findest du nicht, Herr, daß du etwas mehr für die kleine Evita tun könntest?»

Rosa schüttelte den Kopf. «So geht das nicht! Du darfst dem Herrn keine Vorwürfe machen, du mußt ihn bitten!»

«Also gut, Herr, könntest du statt Evita nicht irgend jemand anderen heimrufen, der mit den Verhältnissen auf deiner schönen Erde ohnehin nicht einverstanden ist, Paolo zum Beispiel ...» Angelo riß den Mund auf. Die Braut war gerade vorbeigegangen und hatte den Ausgang schon fast erreicht, aber immer noch floß ihr Schleier wie ein glitzernder Bach an ihm vorüber.

Vor der Kirche spielten Kinder mit einem Chamäleon. Sie warfen es in einen Brunnen, und es machte sich durchsichtig. Sie ließen es über ein Bananenblatt laufen, und es wurde grün. Es traf sogar den Farbton von Paolos Jackett. Den Kindern gefiel Angelos T-Shirt. Sie boten ihm dafür eine Son-

nenbrille, von der sie behaupteten, man könne damit den Frauen durch die Kleider sehen.
Angelo setzte die Brille auf, blickte sich nach allen Seiten um und gab sie den Kindern zurück.
Jetzt boten sie ihm einen sprechenden Taschenrechner an, der «Hallo, wie geht's?» und «Guten Tag, auf Wiedersehen!» sagen konnte.
«Und was soll ich anziehen?» fragte Angelo.
Die Kinder entfalteten ein rotes T-Shirt. Vorn war ein Foto von Evita aufgedruckt.

Die Sonne stand senkrecht. Das Meer schwappte träge gegen den Strand. Die Luft flimmerte, und der Vulkan weit draußen schien über dem Wasser zu schweben. In der Bar starrten die Leute in ihre Drinks, wachgehalten von einem Ventilator und der Musikbox, die immer wieder denselben Song spielte. Paolo lehnte mit einem Kaffee an der Theke und las Zeitung. Angelo und Rosa waren zum Wasser gegangen. Rosa hatte ihren Badeanzug angezogen, sich eingecremt, auf den Rücken gelegt und die Augen geschlossen. Angelo, der nur Schuhe und Strümpfe ausgezogen hatte, zeichnete mit einem Stöckchen im Sand und betrachtete Rosa. Sie war tiefbraun, fast schwarz, und die feinen Härchen an Armen und Beinen schimmerten silbern.

«Was machst du?» fragte Rosa nach einer Weile.

«Ich schaue den Leuten zu.»

Rosa stieß Angelo mit dem Fuß an. «Und was machen sie?»

«Ein Mann in karierten Shorts sucht den Strand mit einem Staubsauger nach Geld ab.»

Rosa lachte. «Bestimmt ein Amerikaner! Und was gibt es sonst noch zu sehen?»

«Ein dicker Mann versucht, eine Schildkröte zu besteigen, die immer wieder umkippt.»
«Und was ist das für ein Gesang?»
«Ein Junge zieht eine Kühltasche durch den Sand, und alle Leute kaufen ein Eis, weil ihnen das Lied gefällt.»
«Und dieser Schrei?»
Angelo lachte. «Zwei Mädchen haben ihrer Mutter einen Krebs auf den Bauch gelegt.»
«Und der Lautsprecher?»
«Ein kleiner Mann mit einem Megaphon und einer verrückten Sonnenbrille. Vielleicht ein Animateur. Er ist bei einem Paar stehengeblieben und hält einen Plastikfisch hoch.»
«He, ihr zwei!» krächzte eine Stimme. «Hört mit dem Küssen auf und schätzt, wie schwer dieser Fisch ist! Und wenn ihr richtig ratet, kommt ihr in die Endausscheidung im Sun Palace!»
«Lassen sich die beiden stören?»
«Nein, sie bleiben liegen, und der Animateur geht enttäuscht weiter.»
Rosa überlegte. «Dieses Paar, wie alt sind sie?»
«Der Mann ist vielleicht fünfundzwanzig, die Frau bestimmt doppelt so alt.»
«Und wie sehen sie aus? Laß mich raten! Der Mann ist fett und die Frau schlank?»
«Richtig, Rosa! Psst, jetzt kommen sie vorbei!»
Rosa atmete tief ein. «Sie lieben sich, Angelo, sie benutzen dasselbe Parfum.»

«Also, ich hätte keine Lust, mit meiner Mutter zu schlafen!»
Rosa lächelte. «Und was machen die beiden im Wasser?»
«Der Mann ist untergetaucht, die Frau zappelt. Und nun taucht er mit ihrer Bikinihose auf dem Kopf wieder auf.»
«Und was ist das für ein Rauschen?»
«Ein großer Frachter, unser Schiff nach Rio.»
«Und was wird aus Paolo?»
«Wartet jemand auf dich, Rosa?»
«Du wirfst einen Schatten auf meine Beine!»
«Du bist doch schon braun genug!»
Rosa schwieg.
«In Rio scheint die Sonne den ganzen Tag.»
«Und was machen wir abends?»
«Dann sind wir einfach glücklich!»
«Wie dieses ungleiche Paar?»
«Noch glücklicher, denn wir sind schöner.»
Rosa lachte. «Ach, Angelo, wie alt bist du eigentlich?»
«Ich habe eine dreijährige Tochter.»
Rosa fuhr herum. «Was, eine Tochter, wirklich? Das hätte ich dir gar nicht zugetraut!»
Angelo grinste. «War nicht besonders schwer.»
«Wie heißt sie denn?»
«Maja.»
«Maya, wie die Indianer, die in Mexiko diese verrückten Pyramiden erbaut haben?»

«Nein, wie eine Biene aus dem Fernsehen.»
Rosa tastete nach Angelos Hand. «Du liebst sie sicher sehr!»
Angelo zog seine Hand zurück. «Ich habe sie seit zwei Jahren nicht mehr gesehen.»
«Macht dir das nichts aus?»
«Immer dieselbe Platte», stöhnte Angelo, «sie geht mir auf die Nerven!»
«Macht es dir nichts aus, daß du Maja schon so lange nicht mehr gesehen hast?»
«Nein!» rief Angelo so laut, daß der Animateur auf sie aufmerksam wurde.
Er hatte den Plastikfisch mit dem Kopf in seine Badehose gesteckt. Lächelnd stapfte er durch den Sand heran und nahm sein Megaphon hoch. «Na, ihr beiden, Streit?»
Angelo schwieg.
Der Animateur grinste. «Sie läßt dich nicht ran, was? Mach dir nichts draus, morgen ist auch noch ein Tag!» Er zeigte auf seine Badehose. «Was glaubst du, wie schwer ist er?»
«Er stinkt, dein Fisch!» knurrte Angelo.
«Ha, ha!» lachte der Animateur in sein Megaphon. «Das ist gut, das ist irre komisch!» und starrte dabei unverwandt auf Rosa. «Vielleicht möchte Madame Butterfly mitspielen?»
Rosa schlug die Augen auf. Sie spiegelte sich in den Sonnenbrillengläsern des Animateurs, der mit dem Fisch in der Hand fast über ihr stand.

Angelo sprang auf und griff nach dem Fisch, aber der Animateur wich ihm aus und rief im Weitergehen in sein Megaphon: «Eifersucht, ha, ha, richtige Eifersucht! Daß es so was noch gibt! Da fällt mir der Witz von dem Liliputaner ein, der eine ganz große Frau geheiratet hat. Also, in der Hochzeitsnacht . . .»
«Endlich ist er weg!» Rosa holte tief Luft. «Trotzdem wüßte ich gern, warum es dir nichts ausmacht, daß du Maja schon so lange nicht mehr gesehen hast.»
«Maja! Maja!» fuhr Angelo sie an. «Du redest so, als ob du sie kennen würdest. Sie bedeutet mir nichts!»
«Bist du sicher?»
«Du hast schöne Beine, Rosa!»
«Warum hast du Maja verlassen?»
«Warum hast du diesen italienischen Saxophonisten verlassen?»
«Ich hatte Angst, was zu verpassen. Er war übrigens nicht Saxophonist, er verschob geklaute Autos.»
«Wie romantisch!» Angelo hob ein paar Kieselsteine auf und warf sie nacheinander ins Meer. «Der Stabhochspringer war wahrscheinlich Bockwurstverkäufer im Fußballstadion, der Student war wirklich ein Student, das ist sowieso das allerletzte, dieser Naturfreund war bestimmt schon Ende Vierzig, und dein Vater war ein langweiliger Aktentaschenträger, was?»

«Laß meinen Vater aus dem Spiel!»
«Dann frag mich nicht nach Maja!»
Ein Zeppelin überflog den Strand, er warb für einen japanischen Farbfilm.
Rosa zeigte nach oben. «Guck mal, ein Zeppelin! Sollen wir uns nicht wieder vertragen?»
«Ist schon gut!» knurrte Angelo.
«Was machst du?» fragte Rosa nach einer Weile.
«Ich zeichne.»
«Was denn?»
Angelo fuhr mit der Hand durch den Sand. «Nichts!»
«Was macht Paolo eigentlich?»
Angelo deutete mit dem Kopf zur Bar hinüber. «Paolo beobachtet uns.»
Rosa rückte ein Stück von Angelo ab.
«Was soll das?»
«Paolo bekommt einen falschen Eindruck.»
Angelo rückte hinter ihr her. «Er bekommt den richtigen Eindruck!»
Rosa drehte sich auf den Bauch.
«Soll ich dir den Rücken eincremen?»
«Du kannst mir meine Zigaretten geben!»
Angelo rührte sich nicht.
Rosa holte sie sich selbst. «Wir liegen hier am Strand», stieß sie dann mit dem ersten Zug hervor, «und Evita stirbt.»
«Sie stirbt auch, wenn wir uns deswegen den Tag verderben lassen.»

«Sie tut mir leid.»
«Das hilft ihr nicht aus dem Schlammloch heraus!»
«Trotzdem!»
«Trotzdem! Trotzdem!» Angelo fuhr hoch. «Trotzdem scheint hier die Sonne, und die Frauen haben einen Schlitz im Kleid!» Er hockte sich auf seine Fersen, griff in den Sand und ließ ihn von einer Hand in die andere rieseln. «Ich saß mal in Ankara auf dem Busbahnhof auf einem Stuhl mit drei Beinen und hielt mich an einer Limonade fest. Beim Zurücksetzen übersah ein Busfahrer einen Kinderwagen. Ich wollte aufspringen und schreien, aber ich blieb sitzen und schaute seelenruhig zu, wie der Bus den Kinderwagen an einer Wand zerdrückte samt schlafendem Baby, wie im Film. Ich habe nichts unternommen. Ich weiß auch nicht, warum. Es war einfach zu heiß.»
«Und weil du das Baby in Ankara nicht gerettet hast, verzichtest du auf deine eigene Tochter.»
«So ein Quatsch! Ich hätte dir diese Geschichte besser gar nicht erzählt! Weißt du, Majas Mutter habe ich zweimal gesehen, bevor es passiert ist. Sie wollte trotzdem das Kind. Dann soll sie auch selbst dafür sorgen!» Angelo öffnete die linke Hand und ließ den Sand fallen.
«So einfach ist das?»
Angelo nickte.
«Was macht Paolo?»
«Er steht an der Musikbox.»

«Warum gehst du eigentlich nicht schwimmen, Angelo?»
«Ich habe keine Lust!»
«Zieh doch wenigstens das T-Shirt aus, oder hast du Ausschlag?»
«Ich habe ein tätowiertes Segelschiff auf der Brust.»
«Bist du zur See gefahren?»
«Yes, Sir, alle sieben Meere!»
Von der Bar dröhnte ein neuer Song herüber. «Komm, Baby, du hast deinen Spaß gehabt. Aber jetzt reicht es! Schick den Typ mit den Cowboystiefeln weg, und alles wird wie früher ...»
«Der Typ mit den Cowboystiefeln bin ich, was?» knurrte Angelo.
Rosa lächelte. «Paolo ist sehr originell.»
«Er muß immer im Mittelpunkt stehen!»
«Bist du eifersüchtig?»
Angelo winkte ab.
Rosa drehte sich wieder auf den Bauch und beobachtete einen schwarzen Hund, der sich im Sand wälzte. Plötzlich stürzte sie sich auf Angelo und zerrte ihm das T-Shirt aus der Hose. «Wo ist denn das Segelschiff?»
Angelo grinste. «Mit der Morgenflut ausgelaufen.»
Zum erstenmal schauten sie sich in die Augen.
Ein Schatten fiel auf sie. Der Junge mit der Kühlbox hielt zwei Eis hoch und deutete auf Paolo, der von der Bar mit seinem Strohhut herüberwinkte.

Rosa stand auf und winkte zurück. Angelo starrte grimmig das Eis an, es hieß Relax.
Die Musikbox spielte einen anderen Song. «Ich weiß, daß du die ganze Nacht mit ihm getanzt hast. Viel Glück, Baby, auch wenn es mir das Herz bricht! Aber wie lange du auch fort sein wirst, ich denke an dich, weil ich dich liebe, für immer und ewig ...»
Mit seiner Reibeisenstimme fiel Angelo in den Refrain ein.
Rosa lächelte. «Paolo scheint deinen Geschmack getroffen zu haben.»
Angelo hörte auf zu singen.
«Was machst du?» fragte Rosa nach einer Weile. Sie hatte wieder die Augen geschlossen.
Angelo zögerte. «Du bist sehr schön!»
«Ich weiß.» Rosa drehte sich auf den Bauch.
«Du machst es mir nicht leicht, Rosa!»
«Du brauchst dich nicht zu bemühen!»
Angelo packte das Eis aus, aber es war schon ganz weich geworden und tropfte ihm auf die Hose. Wütend schleuderte er es fort.
«Was macht Paolo?» fragte Rosa nach langem Schweigen.
«Er steht mal wieder vor dem Fernse ...» Angelo sprang auf. «Das ist doch Evita!»
Der Barmann stellte gerade den Ton lauter, so daß man eine gutgelaunte Männerstimme über den ganzen Strand hören konnte.

«... Zigarettenfirma hat eine Leitung in die Anden geschaltet. Gleich nach der Fanfare werden wir eine Telefonnummer einblenden, die Nummer dieses Studios. Wer sich als erster meldet, muß ein kleines Rätsel lösen. Sie wissen ja, die neue Okay ist cool! Und wer das auch geschafft hat, darf anschließend mit der kleinen Evita telefonieren, die, wie ich hier auf meinem Monitor sehe, schon ganz gespannt auf Ihren Anruf wartet ...»
Paolo war in die halboffene Telefonzelle vor der Bar gestürzt und wühlte in seinen Hosentaschen nach Kleingeld. Die Fanfare ertönte, und dann erschien auf dem Bildschirm eine lange Telefonnummer. Paolo wählte hastig und blickte immer wieder zu dem Fernseher hinüber.
Der Moderator hielt einen roten Telefonhörer erwartungsvoll an sein Ohr. Jetzt lächelte er. «Hallo, mit wem spreche ich?»
«Hier ist Paolo.»
«Hallo, Paolo! Sie sind der erste, aufgeregt?»
«Ein bißchen.»
«Das brauchen Sie nicht, Paolo, unser Rätsel ist ganz einfach. Sie haben eben den Trailer für unsere neue Zigarette gesehen, die neue Okay, erinnern Sie sich noch?»
«Ja, ich erinnere mich.»
«Okay, Paolo, also hier die Frage! Wie ist die neue Okay?»
«Die neue Okay ist cool», antwortete Paolo leise.

Nun ertönte wieder die Fanfare, und der Moderator rief begeistert: «Das ist absolut richtig! Das ist super! Das ist okay!»
Auf seinem Schreibtisch erschien jetzt eine kleine Marionette, ein Eisbär in Lederhosen. Der Moderator tippte ihn mit seinem Kugelschreiber an. «Hallo, Cooly, wie geht's?»
«Ich bin okay!» brummte der Eisbär.
Der Moderator wandte sich an Paolo. «Wollen Sie nicht unseren Cooly begrüßen?»
Paolo zögerte.
Der Moderator lächelte nachsichtig. «Unser Cooly ist schnell beleidigt, Paolo!»
«Hallo, Cooly», preßte Paolo hervor.
«Hallo, Paolo!» brummte der Eisbär. «Bist du okay?»
«Ich bin okay.»
«Ein netter Kerl, unser Cooly, was?» schaltete sich der Moderator ein. «Wie alt sind Sie eigentlich, Paolo?»
«Neununddreißig.»
«Und was bedeutet Ihnen Evita?»
«Ich finde sie sehr tapfer und ...»
«I'm so young and you're so old», brummte der Eisbär dazwischen.
Der Moderator stieß ihn mit dem Kugelschreiber an. «Du bist ganz schön frech, Cooly! Aber mal ehrlich, Paolo, sind Sie nicht ein bißchen verliebt in Evita?»

Paolo schwieg.
«Okay, okay», lachte der Moderator, «nur ein Scherz, Paolo! Sie sind mir doch nicht böse?»
Paolo warf Geld nach. «Nein!»
Der Moderator nickte. «Sie sind in Ordnung, Paolo, Sie verstehen Spaß. Wollen Sie jemanden grüßen?»
«Nein.»
«Nein?» Der Moderator stieß den Eisbär an. «Hast du das gehört, Cooly? Paolo möchte niemanden grüßen!»
«Das hat es ja noch nie gegeben!» brummte der Eisbär. «Hier will jeder jemanden grüßen.»
«Na, Paolo!» drängte der Moderator. «Vielleicht die liebe Frau Mutter?»
«Meine Mutter ist tot.»
«Oh, das tut mir leid!»
«Ich möchte Rosa und Angelo grüßen.»
«Na also!» strahlte der Moderator. «Ihre Kinder, Paolo?»
«Ich habe keine Kinder.»
«Aber das macht doch nichts, Paolo! Sie können auch Ihre Katze grüßen oder Ihre Frau. Wen Sie wollen!»
Paolo schwieg.
«Jetzt erzählen Sie mir nicht, Sie hätten auch keine Frau!» Der Moderator lachte. «Okay, Paolo, das bleibt unser Geheimnis!» Und nun zog er verwegen eine Augenbraue hoch und flüsterte: «Also,

du süßes Mädchen irgendwo auf der weiten Welt, hier ist dein schüchterner Paolo, er hat dich lieb und denkt an dich!»
Und der Eisbär schmatzte einen Kuß hinterher.
«Okay, okay», lachte der Moderator wieder, «wir sind ein offener Sender, Paolo. Manche ärgert das, viele mögen das. Aber was wäre das Leben ohne ein bißchen Spaß! Selbst Evita hat sich eben bei unserem kleinen Vorgespräch über den frechen Cooly amüsiert, und was gibt es in ihrer Lage Besseres als ein befreiendes Lachen! Aber nun ist es soweit, die Regie gibt grünes Licht. Wir schalten um in die Anden. Grüßen Sie Evita von mir, Paolo!»
Und der Eisbär brummte: «Sag ihr, daß ich sie ganz toll liebhabe!»
Auf dem Bildschirm erschien Evita. Sie trug einen Kopfhörer und schaute erwartungsvoll nach rechts oben. Ein Journalist stand hinter ihr, aber man sah nur seine derben Hände. Die Rechte hielt das Mikrophon vor Evitas Mund, und die Linke ruhte schwer auf ihrem Kopf.
«Hallo, Evita, ich bin es, Paolo!»
Es dauerte einen Augenblick, bis der Ton bei Evita angekommen war. Jetzt lächelte sie. «Hallo, Paolo! Wie geht es dir?»
«Mir geht es gut, Evita, und dir?»
«Mir geht es auch ganz gut, Paolo. Alle sind so freundlich.»

«Ich kann dich sehen, Evita, du hast ganz lange Haare.»
«Die haben hier alle Mädchen.»
Paolo warf Geld nach. «Was machst du denn, Evita, wenn du nicht gerade in einem Schlammloch steckst und Interviews gibst?»
Evita lächelte. «Ich lese gern.»
«Ich lese auch gern, Evita. Was liest du denn gerade?»
«Der alte Mann und das Meer.»
«Warst du schon mal am Meer, Evita?»
«Nein, Paolo, aber die Männer vom Fernsehen haben mir versprochen, mich mit dem Hubschrauber hinzufliegen, wenn ich hier raus bin.»
«Ich stehe direkt am Meer, Evita, während ich mit dir telefoniere.»
«Wirklich, Paolo?»
«Ja, Evita, in einer Telefonzelle am Strand.»
«Und wie ist das Meer?»
«Es glitzert.»
«Wie Schnee?»
«Wie Salz, Evita.»
«Und was macht es noch, das Meer?»
«Es lächelt.»
«Wie die Mona Lisa?»
Paolo lachte. «Nein, wie du, Evita!»
Jetzt lachte Evita auch.
Paolo hielt den Telefonhörer Richtung Strand. «Hast du gehört, Evita? Das Meer!»

«Ja, Paolo, es rauscht ganz leise.»
Paolo hielt den Telefonhörer noch einmal zum Wasser hin.
«Was war das, Paolo?»
«Ein großes Schiff.»
Evita seufzte. «Ach, Paolo! Was machst du denn am Meer?»
«Warten, Evita, mein Auto ist kaputt.»
«Bist du allein?»
«Nein, ich bin mit Freunden hier, Rosa und Angelo. Angelo hat ein T-Shirt an, wo vorn dein Bild drauf ist, und Rosa winkt gerade herüber.»
Es entstand eine Pause. Die Leute am Strand waren aufgestanden und hörten gespannt zu. Der Animateur hatte sogar den Fisch aus der Hose genommen. Nur das Liebespaar lag engumschlungen im Sand und küßte sich.
«Evita», begann Paolo wieder, «es tut mir schrecklich leid, aber ich habe kein Kleingeld mehr zum Telefonieren. Ich habe alles in die Musikbox gesteckt.»
«Das ist aber schade!» seufzte Evita.
«Paß auf, Evita! Wir reden, solange noch Geld da ist. Wenn Schluß ist, ist Schluß, okay?»
«In Ordnung, Paolo!» sagte Evita enttäuscht.
Wieder entstand eine Pause.
«Sag etwas, Evita!» drängte Paolo. «In meinem Telefonhörer tutet es schon, wir haben nicht mehr viel Zeit!»

Evita schaute angestrengt nach rechts oben. Jetzt schien ihr etwas eingefallen zu sein. Sie lächelte wieder in die Kamera und fragte freundlich: «Muß ich sterben, Paolo?»
Das Gespräch war zu Ende. «Tut ... tut ... tut», dröhnte es über den Strand, und dann schmetterte die Okay-Fanfare los.

Das Boot war eine heruntergekommene Motoryacht. Der weiße Anstrich blätterte ab, um den Rumpf hingen Autoreifen. Als einziger Schmuck zog sich eine Kette aus bunten Glühbirnen vom Bug bis zum Heck. Sie brannten, obwohl es Nachmittag war. Der Kapitän trug ein Baseballkäppi. Mit einer Bierdose in der Rechten und einer Zigarette in der Linken hing er in einem Campingstuhl unter dem halboffenen Kajütendach und drehte das Steuer mit seinen blauen Badelatschen.

Die drei saßen auf einer Bank im Heck. Rosa sonnte sich im Badeanzug zwischen den beiden Männern. Angelo starrte unverwandt zu einer Frau auf dem Vorderdeck hinüber, die sich mit einer Zeitung Wind zufächelte. ALLE WELT LIEBT DICH, EVITA! war über die halbe Seite gedruckt. Paolo dozierte über die Schuldenkrise der Dritten Welt. Die Stadt war nur noch ein weißer Streifen am Horizont, und der Vulkan hob sich immer mächtiger aus dem Meer empor.

Paolo schob seinen Strohhut in den Nacken und wechselte das Thema. «Wir hatten früher ein ähnliches Boot. Es hieß Pina, wie meine Mutter.»

«Unser Schlauchboot hieß so wie die Reifen von unserem Auto», antwortete Angelo, «aber wir haben auch Spaß gehabt.»

«Natürlich habt ihr Spaß gehabt! Warum nicht?»

«Das mußt du mir schon überlassen, Paolo, ob wir Spaß gehabt haben!»

«Warum so gereizt? Weil dich die Frau im schwarzen Badeanzug nicht beachtet?»

Angelo grinste. «Ich dachte, du wärst bei der Schuldenkrise.»

«Mich erinnert diese Frau an ein ganz bestimmtes Gemälde von Picasso.»

Angelo schüttelte den Kopf.

«Um welche Frau geht es?» fragte Rosa.

Paolo zeigte zum Vorderdeck. «Um diese Fünfziger-Jahre-Schönheit mit dem blonden Pferdeschwanz.»

Angelo verschränkte die Arme vor der Brust. «Mir gefällt sie!»

Paolo winkte ab. «Ein Weibchen!»

«Na und?» fuhr ihn Angelo an. «Du ärgerst dich doch nur, daß du bei so einer Frau überhaupt keine Chance hast! Die schönen Frauen können dir nämlich nicht an der Nasenspitze ansehen, daß du so ein kluger Kopf bist und ein Modell entwickelt hast, wie die Länder der Dritten Welt ihre Schulden loswerden könnten, ohne daß wir deshalb schlechter leben müßten. Hier, zwischen dem Sonnenöl und dem Dieselgeruch, kommt man als Intellektueller

nicht weit! Und auch mit diesem blöden Strohhut siehst du nicht verwegen aus, eher wie aus einem Urlaubsprospekt!» Damit riß er Paolo den Hut vom Kopf und hielt ihn mit zwei Fingern über das Wasser.
«Untersteh dich!» drohte Paolo.
«Hol ihn dir doch!» lockte Angelo.
Rosa gähnte. «Bekommt euch die Sonne nicht?»
Angelo gab den Hut zurück.
«Und trotzdem hat die Frau immer noch nicht herübergeschaut!» sagte Paolo triumphierend.
Angelo winkte ab. «Picasso! Was bist du doch für ein armes Schwein, Paolo! Immer brauchst du einen Vorwand. Die schönen Frauen darfst du nur unter kulturellen Aspekten betrachten, und ...» Er hielt einen Moment lang inne. «Ach, von mir aus kannst du es ruhig wissen, Rosa! Also, als wir dir an der Tankstelle beim Pinkeln zugeschaut haben ... Keine Angst, wir haben gar nichts gesehen, nur deine großen Augen ... und wir hatten den Monitor schließlich nicht angestellt ... und wer weiß, wer sich nachts an so einer Tankstelle alles herumtreibt ... also, da hat Paolo wie unter Zwang die ganze Zeit ...»
Rosa sprang auf. «Ihr habt mir tatsächlich beim Pinkeln zugeguckt?»
Angelo grinste. «Es war doch nur ...»
«Halt den Mund!» rief Rosa und wandte sich an Paolo. «Und was hast du zu sagen?»

Paolo hielt den Kopf gesenkt.
«Sieh mich an!»
«Dieser Vulkan ...»
«... in Südamerika, ich weiß, Paolo! Und ich kann mir auch langsam denken, warum dich dieses kleine Mädchen interessiert!»
Angelo nickte. «Das hängt damit zusammen, daß Paolos Generation direkt nach dem Krieg ohne Väter ...» Er klopfte neben sich auf die Bank. «Komm doch zurück, Rosa!»
Zögernd nahm Rosa wieder zwischen den beiden Männern Platz und schloß die Augen.
Paolo beobachtete einen amerikanischen Flugzeugträger, der am Horizont aufgetaucht war, und Angelo beobachtete Paolo.
«Na, zerbrichst du dir wieder mal den Kopf über die Verhältnisse?» fragte er nach einer Weile.
«Hört doch endlich mal auf», stöhnte Rosa, «und genießt die Sonne!»
«Braun werden ist eine besonders langweilige Möglichkeit, die Zeit totzuschlagen.»
«Ach, Paolo, warum mußt du immer alles so negativ sehen?» Rosa hielt ihm ihre Sonnenbrille hin. «Hier, schau mal durch meine Brille, die Farben sind viel intensiver! Das Meer wirkt ganz blau und der Vulkan violett.»
Paolo lächelte. «Wenn wir unsere Wahrnehmung verändern, verändern wir noch lange nicht die Wirklichkeit.»

«Welche Wirklichkeit meinst du denn?» Rosa setzte die Sonnenbrille wieder auf. «Deine Wirklichkeit, meine, Angelos Wirklichkeit oder die Wirklichkeit der kleinen Evita?»
«Die wirkliche Wirklichkeit, Rosa! Denn auf Realisten wie mich und Naive wie dich sind zum Beispiel dieselben Atomwaffen gerichtet.»
Rosa legte den Kopf in den Nacken. «Na, wenn das so ist, mache ich es lieber wie dieser Vogel, den die Katze fressen will, und singe noch ein bißchen, bevor alles vorbei ist.»
Paolo wischte sich den Schweiß von der Stirn. «Hast du dich eigentlich schon mal gefragt, warum dieser blöde Vogel der Katze überhaupt auf den Leim gegangen ist?»
«Nein.»
«Weil es vielleicht zum Wesen des Vogels gehört, von der Katze gefressen zu werden?»
«Vielleicht?»
«Und daran läßt sich nichts ändern?»
Rosa zuckte mit den Schultern. «Vielleicht?»
«Vielleicht! Vielleicht!» rief Paolo. «Der Vogel könnte doch auch mit der Katze über dieses Problem diskutieren.»
Rosa lächelte. «Wie wir beide?»
Paolo nickte freundlich. «Wie wir beide!»
«Also gut!» seufzte Rosa. «Der Vogel würde zu der Katze sagen: Was hältst du davon, liebe Katze, dieses Mal gegen deine Interessen zu handeln und

mich nicht zu fressen? Du wirst einen moralischen Sieg über dich erringen, und das ist bestimmt ein noch schöneres Gefühl, als satt zu sein.»

«Dann würde die Katze sehr nachdenklich werden, weil sie sich diese Frage noch nie gestellt hat. Dein Vorschlag, lieber Vogel, würde sie antworten, bringt mein ganzes Selbstverständnis durcheinander . . .»

«Und sie frißt den Vogel genau deshalb.»

Paolo lachte. «Ja natürlich, Rosa! Aber von nun an wird es die Katze immer mit dem Stachel des Zweifels tun.»

«Und was hat der tote Vogel davon?» wandte Angelo ein. «Du kannst doch froh sein, daß du Evitas letzte Frage nicht beantworten mußtest.»

«Und was hättest du Evita für eine Antwort gegeben?»

Angelo überlegte nicht lange. «Ich hätte ihr die Wahrheit gesagt.»

«Daß es für sie keine Rettung mehr gibt?»

Angelo nickte. «Wenn wir ihr schon nicht helfen können, sollten wir sie wenigstens nicht belügen!»

«Evita würde darauf entgegnen: Ich will aber noch nicht sterben, ich bin noch so jung!»

«Dann würde ich sagen: Das verstehe ich gut, Evita! Wer stirbt schon gern, wenn er das ganze Leben noch vor sich hat? Aber wir können uns nicht immer alles aussuchen. Ich wäre zum Beispiel gern einen Kopf größer und hätte glatte, blonde Haare

und ... Na, jedenfalls muß man mit dem zufrieden sein, was man hat, und das Beste daraus machen!»
«Vom Tellerwäscher zum Millionär?» höhnte Paolo. «Das glaubst du doch selbst nicht!»
Angelo kniff die Augen zusammen. «Wer sagt das jetzt, du oder Evita?»
Paolo hob beruhigend seine Hände. «Also gut, Angelo. Evita würde jetzt fragen: Aber was ist denn das Beste, das ich aus meiner Situation machen kann?»
«Ich würde die Zeit, die dir noch bleibt, genießen. Du bist ein Star, Evita! Für dich unterbrechen sie sogar die Berichterstattung vom Weltwirtschaftsgipfel. Und wenn du tot bist, wird man bestimmt ein Buch über dich schreiben. Nicht jeder hat soviel Glück! Um ins Fernsehen zu kommen, machen andere Leute ganz verrückte Sachen, fressen hundert hartgekochte Eier in fünf Minuten oder lassen sich dieselbe Frisur wie ihr Pudel ...»
«So geht das nicht, Angelo!» unterbrach ihn Rosa. «Wenn du schon so ehrlich bist, Evita geradeheraus zu sagen, daß sie kein Chance mehr hat, mußt du ihr Mut machen. Man muß Evita einfach die Angst vor dem Tod nehmen, und die Angst vor dem Tod kommt daher, daß das Sterben in unserer Welt keinen Platz mehr hat.»
Paolo nickte. «Hast du eine Ahnung, würde Evita darauf antworten, hier liegt das ganze Tal voller Leichen!»

Rosa nahm die Sonnenbrille ab. «Dann würde ich sagen: Wenn das so ist, Evita, dann hast du den unschätzbaren Vorteil, anders als wir in unserer zivilisierten Welt den ewigen Rhythmus des Lebens unmittelbar erfahren zu können. Denn Leben und Tod sind keine Gegensätze, sondern gehören untrennbar zusammen. Das eine ist ohne das andere nicht denkbar.»
«Dann würde Evita antworten: Aber wenn ich tot bin, ist das Leben doch zu Ende!»
«Aber im Tod liegt doch auch ein großer Trost, Evita!»
«Ein Trost, Rosa?»
«Fliegende Fische!» rief Angelo und zeigte auf das Wasser. Aber da schwamm nur die leere Bierdose des Kapitäns.
«Stell dir einmal vor, Evita», fuhr Rosa fort, «du müßtest bis ins hohe Alter in diesem Schlammloch ausharren, weil man dich einfach nicht herausbekommt. Dann wäre der Tod doch eine Erlösung.»
«Das weiß ich nicht, würde Evita antworten. Es ist noch keiner von den Toten zurückgekehrt. Und langsam frage ich mich, ob es den lieben Gott überhaupt gibt. Wenn er irgendwo dringend gebraucht wird, dann doch hier!»
Rosa seufzte. «Dann tu doch einfach so, als ob es ihn gäbe!»
«In Ordnung, Rosa, ich tue jetzt mal so, als ob es Gott gäbe.» Paolo schloß die Augen, atmete tief

durch und schlug sie wieder auf. «Trotzdem will ich nicht sterben!»
Rosa warf einen sehnsüchtigen Blick auf den Kapitän, der gerade die zweite Bierdose aufriß. «Dann stell dir einmal vor, Evita, du hättest Glück gehabt und diese schreckliche Katastrophe völlig unbeschadet überlebt. Würdest du dann auch mit dem Schicksal hadern?»
«Aber das ist doch etwas ganz anderes, Rosa!»
«Nein, Evita, Glück und Leid gehören zusammen. Wie es auch kommt, man muß sein Schicksal annehmen!»
Paolo lächelte. «Hast du denn auf den Italiener im Gefängnis gewartet?»
«Aber davon weiß Evita doch nichts.»
«Also gut! Evita würde jetzt sagen: Was du mir alles erzählst, klingt ganz vernünftig, ist sicher gut gemeint, und wahrscheinlich wüßte ich auch keine besseren Antworten, wenn ich an deiner Stelle wäre. Aber trotzdem habe ich schreckliche Angst vor dem Sterben, und diese Angst kann mir niemand abnehmen, auch du nicht, Rosa!»
«Dann würde ich diese verdammte Todesangst endlich mal ernst nehmen! Ich würde sagen: Schau, Evita, jeder hat Angst vor dem Sterben. Sogar Jesus Christus hat am Kreuz nach seinem Vater gerufen und ...»
«Der wußte, daß er wiederauferstehen würde!» fiel ihr Paolo ins Wort.

«Paolo», sagte Rosa gedehnt, «ich rede mit Evita! Ich würde sagen: Du siehst, Evita, du brauchst dich für deine Todesangst nicht zu schämen, du solltest sie einfach akzeptieren!»
«In Ordnung, Rosa, ich akzeptiere meine Todesangst, es bleibt mir ja gar nichts anderes übrig. Aber auch wenn ich die Angst akzeptiere, wird sie nicht kleiner.»
«Nein, Evita, aber die Angst bekommt eine andere Qualität. Sie wird etwas Positives!»
«Etwas Positives? Das muß du mir aber mal erklären!»
Rosa atmete tief durch. «Schau, Evita, der Tod ist eine ganz extreme Erfahrung, die man im Leben nur einmal macht ...»
Paolo nickte heftig. «Das stimmt allerdings!»
«Es ist dein Tod! Verstehst du, Evita? Und wenn du schon viel zu früh und unter furchtbar tragischen Umständen dein Leben verlieren mußt, dann laß dir wenigstens deinen Tod nicht nehmen!»
«Aber alle sehen mir beim Sterben zu!»
Rosa zuckte mit den Schultern. «Was soll ich dazu sagen? Die Welt ist kleiner geworden.»
«Mit dieser Antwort würde sich Evita aber nicht zufriedengeben», beharrte Paolo. «Sie würde immer weiterfragen. Sie würde fragen: Wenn man mein Bild und meine Stimme in die ganze Welt übertragen kann, warum kann man mich nicht selbst aus diesem Schlammloch herausholen?»

Rosa hatte den Kopf gesenkt und kaute an ihren Fingernägeln.
Paolo beugte sich zu ihr herab. «Spätestens jetzt würdest du dir wünschen, daß dir das Kleingeld ausgeht.»
«Und welche Antwort hättest du Evita gegeben?» fuhr ihn Angelo an.
Paolo nahm seinen Hut vom Kopf und fächelte sich Luft zu. «Ich hätte Evita Hoffnungen gemacht.»
«Natürlich, du hättest sie angelogen, was?»
«Deine Ehrlichkeit ist doch nichts weiter als Rücksichtslosigkeit!» antwortete Paolo gelassen.
Angelo überlegte. «Es wird alles gut, Evita! Das hättest du ihr gesagt?»
Paolo nickte. «Genau das hätte ich ihr gesagt.»
«Aber es gibt doch wahrscheinlich keine Rettung für Evita», wandte Rosa ein, während sie sich ihre Bluse zuknöpfte. Es war plötzlich kühl geworden, der Vulkan verdeckte die Sonne.
Paolo lächelte. «Aber das ist doch nicht wichtig. Hoffen hat auch dann einen Sinn, wenn es keine Hoffnung mehr gibt!»
«Schaut mal!» rief Angelo.
Der Kapitän manövrierte das Boot an einer Klippe vorbei. Sie hatte ein großes Loch.
«Sieht wie die umgedrehte Landkarte von Südamerika aus, was?»
Der Kapitän schaltete den Motor aus und ließ das

Boot gegen den Strand gleiten. Er war menschenleer, nur ein paar Hunde streunten zwischen den wenigen Booten umher, die kieloben auf dem schwarzen Sand lagen.
Angelo blickte sehnsüchtig zum Vorderdeck. Breitbeinig stand dort der Kapitän und unterhielt sich mit der Frau im schwarzen Badeanzug. Jetzt bückte er sich nach dem Anker und warf ihn dann mit einer solch großartigen Geste, als hätte er einen neuen Kontinent entdeckt.

Der Nebel wurde immer dichter und verschluckte langsam den steilen Pfad, den Paolo, Angelo und Rosa seit zwei Stunden in vielen Kehren hinaufgestiegen waren. Vorbei an dem großen Hotel bei den heißen Quellen, das ausgebrannt war, dem alten Kastell, das voller Scheiße lag, der zertrümmerten Talstation der Seilbahn, die seit dem letzten Vulkanausbruch nicht mehr fuhr, über verwilderte Obstplantagen, durch wogende Schilfwälder, zwischen duftenden Ginstersträuchern hindurch und über violette Lava, die unter ihren Schritten zu Staub zerfiel. Jetzt verschluckte der Nebel eine entwurzelte Seilbahnstütze, in deren verdrehter Spitze Angelo nach dem Gipfel Ausschau hielt. Und auch Paolo, der eine Spur leerer Bierdosen verfolgte, war verschwunden.

Rosa saß auf einem Bananenkarton und rauchte. Sie hatte den Kragen von Paolos Jackett hochgeschlagen und starrte mit zusammengekniffenen Augen in das weiche Grau. An der Seilbahnstütze hing eine Gedenktafel mit dem Foto eines jungen Mannes, der an dieser Stelle vom Blitz erschlagen worden war. Hinter dem Bild steckten rote Pla-

stikrosen. Der Wind schlug die herabhängenden Drahtseile gegeneinander.
«Barranquilla, Colombia», las sie auf dem Karton und erschrak über ihre eigene Stimme.
Sie sprang auf und umarmte sich mit den Jackettärmeln. Plötzlich erstarrte sie. Eine sandfarbene Schlange war auf eine Maus zugeschossen. Rosa taumelte zurück und prallte gegen den Seilbahnmast. Sie fuhr herum und starrte in die traurigen Augen des Verunglückten.
«Paolo! Angelo!» schrie sie. «Wo seid ihr? Ich kann euch nicht mehr sehen!»
Mit einem lautlosen Satz landete Angelo direkt hinter Rosa und hielt ihr die Augen zu.
Sie gab ihm eine Ohrfeige.
«Ich wollte doch nur Spaß machen», murmelte Angelo und rieb sich die Wange.
«Schöner Spaß!» sagte Rosa. «Laß mal sehen!» Sie gab ihm einen Kuß.
Paolo tauchte aus dem Nebel auf. «Ich habe eine kleine Höhle entdeckt!»
«Was», rief Rosa, «wir sollen auf diesem unheimlichen Berg warten, bis der Nebel weg ist?»
Paolo nickte. «Es wird uns nichts anderes übrigbleiben! Hört ihr das?»
Die drei lauschten in den orgelnden Wind.
«Was ist das?» fragte Rosa.
Paolo schob den Strohhut in den Nacken. «Ich war mal mit meinem Vater auf dem Matterhorn. Es war

ein ganz klarer Tag. Plötzlich hörten wir ein Pfeifen ...»

Eine heftige Bö fegte Paolo den Strohhut vom Kopf. Ein Blitz riß den Nebel bis hinunter zur vorletzten Seilbahnstütze auf. Rosa warf sich in Paolos Arme. Wieder ein Blitz. Paolo zählte. Bei dreiundzwanzig rollte der Donner. Die Stütze summte wie ein Transformator. Um das Bild des Verunglückten züngelten bläuliche Flammen. Die Plastikrosen neigten ihre Köpfe und färbten sich schwarz. Paolo ergriff Rosas Hand, Rosa riß Angelo mit. Während die Blitze in immer kürzeren Abständen einschlugen, stolperten sie den Berg hinauf. Atemlos erreichten sie einen Überhang voll leerer Bierdosen, alter Illustrierten und Zigarettenkippen.

Rosa kauerte sich auf den Boden und zog die beiden Männer zu sich hinunter. «Und was passierte damals auf dem Matter ...» Sie schrie auf.

Ein Blitz war in die Seilbahnstütze gefahren. Der Bananenkarton brannte.

Zitternd zog Rosa die beiden Männer so nahe an sich, daß sich ihre Wangen berührten.

Angelo schnupperte. «Du stinkst nach faulen Eiern, Paolo!»

«Das ist Schwefel, Angelo!»

«Schwefel?» sagte Rosa. «Vielleicht ist der Vulkan ausgebrochen! Habt ihr eigentlich keine Angst?»

Angelo winkte ab. «Ich glaube nicht, daß ich bei

einem Gewitter ums Leben komme, das paßt gar nicht zu mir. Ich sterbe bestimmt bei . . .»

Angelos letzte Worte wurden von einer Geröllawine übertönt. Lavabrocken schlugen vor ihren Füßen auf und zerplatzten. Ein Splitter fuhr Paolo unmittelbar neben der Schlagader in den Hals. Sofort tropfte Blut heraus.

Paolo nahm gelassen sein Taschentuch und tupfte es auf die Wunde. Dabei lächelte er Rosa an. «Und wie stirbst du?»

«Ich sterbe im hohen Alter in einem Liegestuhl auf einer Terrasse über dem Meer. Eine braungebrannte Dame mit schneeweißen Haaren in einem grünen Badeanzug. Der Kellner bringt einen Orangensaft, und weil er glaubt, ich sei eingeschlafen, stellt er das Tablett neben mir auf den Boden. Dort steht der Saft am Abend noch immer, nur das Eis ist geschmolzen.»

«Und ich», seufzte Paolo, «werde erschossen.»

«Erschossen?» rief Rosa.

Paolo nickte. «Bei einer Flugzeugentführung. Die Maschine steht in Athen und soll aufgetankt werden. Die Behörden weigern sich. Ein erstes Ultimatum läuft ab. Die Entführer wollen ein Exempel statuieren. Der Chef der Terroristen geht durch die Sitzreihen und selektiert. Frauen, Kinder und Kranke, wegtreten! Dann kontrolliert er die Pässe. Bleiben zehn Männer übrig. Nun kommen die Ausreden. Einer hat gerade geheiratet. Ein anderer fällt vor Schreck in Ohnmacht. Wieder ein anderer ist der letztjährige Nobelpreisträger für Literatur. Der Anführer läßt sich ein Autogramm auf seine Maschinenpistole geben. Und wer bleibt am Schluß übrig? Ich natürlich, wie früher beim Fußball, wenn die Mannschaften gewählt wurden!»

Rosa waren Tränen in die Augen getreten. «Ich habe Angst! Habt ihr keine Angst?»

Paolo lächelte. «Natürlich habe ich Angst, aber ich versuche, der Angst eine positive Qualität zu geben.»

Rosa kniff ihn in die Wange. «Weißt du eigentlich, daß du schon ganz viele graue Haare hast?»

Paolo nickte. «Früher habe ich gedacht, das Leben dauert ewig. Dann ist meine Mutter gestorben. Ich werde es nie vergessen. Ich habe sie im Arm gehalten. Irgendwann machte sie ihren allerletzten Atemzug. Da habe ich begriffen, wie kurz das Leben eigentlich ist. Wenn ich jetzt über mein Alter nachdenke, bekomme ich manchmal richtige Wut. Und Valeries kleinen Jungen hätte ich schlagen können, wenn ich ihn am Strand spielen sah.» Paolo seufzte. «Man kann einfach nichts dagegen tun, daß die Zeit vergeht. Man kann es verdrängen, aber sie läuft trotzdem ab.»

Heulend brach ein Schneesturm los.

«Was machen wir jetzt?» fragte Rosa.

«Warten!»

«Warten! Warten! Wie lange denn noch?»

Angelo grinste. «Im Film kämen jetzt die Geigen.»
Rosa hielt ihm den Mund zu. «Bellt da nicht ein Hund?»
Paolo schüttelte den Kopf. «Hier oben ist niemand! Wir dürfen jetzt nicht die Nerven verlieren! Damals auf dem Matterhorn hat der Schneesturm acht Stunden gedauert.»
«Aber wir müssen doch etwas tun! Wir können doch nicht hier oben sitzen bleiben ...» Rosa zögerte, «bis wir tot sind!»
«Eigentlich ist es doch kein schlechter Platz zum Sterben!» seufzte Paolo.
Angelo nickte. «Nur du störst!»
«Ich kann auch gehen, es ist sowieso zu eng hier für uns drei!»
«Was für ein schöner Abgang, Paolo! Vielleicht triffst du Evita im Schneegestöber! Aber bevor du gehst, laß uns deine Hose und dein Hemd hier und gib Rosa deine Schuhe, die sind viel wärmer als ihre Sandaletten. Und sag uns, wo wir deine Leiche finden, damit wir dich auffressen können, wenn wir Hunger bekommen. Das macht dir doch nichts aus, wenn du tot bist, oder?»
«Warum hängst du so sehr an deinem Scheißleben, Angelo? Nur ein schöner Tod könnte deinem perspektivlosen Dasein einen Sinn geben!»
«Hört endlich auf», schrie Rosa, «ich habe schreckliche Angst!»
«Angst! Angst!» fuhr Angelo sie an. «Ich kann es

nicht mehr hören! Es geht mir auf die Nerven! Immer diese blöden Gefühle!» Er griff unter sich. «Hier, nimm die alte Illustrierte und deck dich damit zu! Schau mal, Auch die Reichen weinen! Ist das nichts für dich?»
Der Sturm riß das Heft mit sich fort.
Angelo hob eine Bierdose auf und hielt sie sich wie ein Mikrophon vor den Mund. «Hallo, meine Damen und Herren! Hier ist wieder das Schlammloch in den Anden. Aber bevor ich Ihnen berichte, wie es der kleinen Evita geht, noch ein Tip. Wenn Sie heute abend Gäste haben, wie wäre es mit einem leichten Bier?» Angelo schüttete den Rest Bier in den Wind. «Okay, okay, liebe Freunde, aber nun zu Evita, unser aller Liebling. Schnee ist gefallen, womit keiner gerechnet hat. Für Evita ist das natürlich sehr ungünstig, aber zu Hause auf Ihren Bildschirmen kommt es jetzt zu schönen Lichteffekten, und man sieht nicht die ganzen Leichen, die hier herumliegen. Schließlich sind Sie vielleicht gerade beim Abendessen, oder die Kinder schauen zu, oder ... Na, lassen wir das, denn ich würde Evita gern ein paar Fragen stellen, bevor sie uns verläßt. Also, Evita, möchtest du unseren Zuhörern noch etwas sagen, hast du eine Botschaft?» Er hielt Rosa die Dose vor die klappernden Zähne. «Hören Sie das, meine Damen und Herren? Das ist Evitas Herzschlag, der Rhythmus des Lebens. Ja, das geht in die Beine, was?» Angelo schleuderte

die Dose in den Sturm und sprang auf. «Ich gehe jetzt!» Aber eine Steinlawine stoppte ihn. Zitternd verharrte er am Rand der Höhle, und der Schnee färbte seine Haare weiß.

«Der Skorpion wird langsam alt!» sagte Paolo gedehnt.

«Aber du!» gab Angelo zurück. «Du hast uns doch hier hochgelockt! Ich kann verstehen, daß du sterben möchtest. Aber ich habe noch ganz viel vor. Warum beschäftige ich mich überhaupt mit euch beiden? Ihr seid doch schon lange tot! Nimm sie ruhig in den Arm, deine Rosa! Du hast gewonnen, Paolo! Los, halt sie fest, bald kann sie dir keiner mehr nehmen!» Er riß die Polaroidkamera aus Paolos Jackett und schrie: «Bitte recht freundlich! Euer Hochzeitsfoto!»

Aber bevor das Foto entwickelt war, hatte es der Sturm schon mit sich fortgerissen. Und der Schnee fiel immer dichter.

«So eine Scheiße! So eine Scheiße!» stieß Angelo hervor.

«Mir wird auf einmal ganz warm», seufzte Rosa in Paolos Armen. «Ob ich jetzt sterbe?»

«Gleich wirst du deinen Vater sehen und . . .» Weiter kam Angelo nicht, so sehr klapperten seine Zähne.

Paolo hatte seine Brieftasche hervorgeholt und betrachtete die Fotos von Valerie und Evita. Schneewasser rann ihm von der Stirn herab und tropfte

wie Tränen auf die Bilder. Rosa wimmerte leise. Langsam verschmolzen die beiden unter einem Laken aus Schnee. Angelo starrte grimmig in den Sturm. An seiner Nase hatte sich ein Eiszapfen gebildet.
Ein greller Lichtstrahl fiel durch ein Loch in den Wolken.
«Die Sonne!» rief Rosa. «Habt ihr gesehen, die Sonne!»
Angelo nickte. «Ich habe doch gewußt, daß ich nicht bei einem Gewitter sterbe!»
«Und trotzdem hast du dir in die Hose gemacht!»
Paolo hatte seine beschlagene Brille abgenommen und blinzelte in das helle Licht.
Der Himmel riß endgültig auf, und der Schnee schmolz in Sekunden. Die nassen Hänge dampften. Das Meer weit unten war tiefblau und vollkommen ruhig. Das kleine Boot legte gerade wieder ab. Paolo erhob sich und zog Rosa mit. Angelo stand bereits über der Höhle und winkte. Hinter ihm stieg Rauch in den Himmel. Der Krater war nicht mehr weit.

Auf dem Gipfel des Vulkans stand eine Bar. «Los, ihr Hänger!» sagte der Flipper. «Spielt mit mir! Zeigt den anderen, wie gut ihr seid!» Die Bedienung sah sich im Fernsehen einen Krimi an. Zwei Polizisten warteten in einem Streifenwagen vor einem Supermarkt, ein kräftiger Blonder und ein dünner Schwarzer. Rosa drehte an der Theke einen Postkartenständer. Paolo und Angelo lehnten an dem einzigen Stehtisch und schauten aus dem Fenster. In unregelmäßigen Abständen schleuderte der Krater glühende Asche empor. Die Sonne war untergegangen, aber die Atmosphäre glühte noch über dem Meer und der fernen Stadt.
«Wo der Kaffee nur bleibt?» Paolo wandte sich zur Theke und erstarrte.
Die Bedienung hatte in ein anderes Programm geschaltet. Evita schien um Jahre gealtert zu sein. Ihr Haar war weiß geworden. In die Stirn hatte sich eine tiefe Falte eingegraben. Die Augen hielt sie geschlossen. Ein Cursor in Herzform pulsierte in der unteren linken Bildecke, und rechts wurde die Herzfrequenz eingeblendet.
Paolo zählte mit. «Sechsunddreißig, sechsunddreißig, sechsunddreißig . . .»

Die Bedienung hatte wieder umgeschaltet.
«Was machst du heute abend?» fragte der blonde Polizist.
«Ich gehe mit dir essen», antwortete der Schwarze.
«Und wer bezahlt?»
«Du natürlich!»
Sie lachten.
Die Bedienung schaltete kurz zu Evita. Der Cursor pulsierte weiter gleichmäßig. Sie schaltete wieder um.
«Das ist unser Mann!» sagte der Blonde.
Der Schwarze wendete den Wagen ... Evitas Herzschlag hatte sich verlangsamt.
«Laß den Kopf nicht hängen, Paolo, das heiße Herz schlägt noch!» sagte Angelo und mit einem Blick auf die Bedienung, die den Kaffee brachte: «Bißchen breites Becken, was?»
Paolo nickte.
In einem schäbigen Apartment verhörten die beiden Polizisten einen fetten Mann.
«Wo warst du gestern abend?» fragte der Blonde.
Mit zitternden Händen zündete sich der Dicke eine Zigarette an. «Zu Hause.»
«Hast du Zeugen?» fragte der Schwarze.
Der Mann schüttelte den Kopf. «Ich habe geschlafen.»
«Wir können ja deinen Schutzengel fragen», schlug der Blonde vor.
Der Mann lachte. «Ja, fragt meinen Schutzengel!»

«Du lachst gern, was?» sagte der Blonde.
«Mein Schutzengel», lachte der Mann, «das ist wirklich gut!»
«Willst du noch mehr Witze hören?» fragte der Schwarze. «Wir kennen ganz viele!»
Der Mann nickte.
Der Schwarze schlug ihm die Zigarette aus dem Mund. «Na, wie findest du den?»
Rosa kam von der Theke zurück und legte eine Postkarte auf den Tisch. «So sah das früher hier aus! Schön, nicht? Die Maultiere und diese weiten Röcke!»
«Für wen ist die Karte?» fragte Angelo.
«Für mich!»
Angelo nahm die Postkarte in die Hand. «Liebe Rosa! Schöne Grüße vom Vulkan sendet Dir Rosa! Wie geht es Dir? Mir geht es gut. Beinahe hätte ich sterben müssen, aber jetzt trinke ich Kaffee und bin um eine Erfahrung reicher.»
Der fette Mann stand in einer Telefonzelle und drehte sich nach allen Seiten um. «Ich brauche das Geld noch heute! Die Bullen haben Wind von der Sache bekommen. Aber mit dem Mord habe ich nichts zu tun.»
Rosa schüttelte sich. «Wie widerlich manche Männer aussehen!»
«Zuviel Schweinefleisch», erklärte Angelo und ging zur Toilette.
In einem Swimmingpool trieb ein Mann auf einer

roten Luftmatratze, und eine Frau im Liegestuhl, von der man nur eine herabhängende Hand mit einer Zigarette sehen konnte, sagte: «Ich würde mit dieser Ratte kurzen Prozeß machen!»
Angelo kam von der Toilette zurück.
«Sauber?» fragte Rosa.
Angelo nickte.
Evita hielt unverändert die Augen geschlossen. Ihr Gesicht sah aus wie eine Maske. Nur der Wind bewegte ihr Haar.
Die Bedienung ließ das Herz ein paarmal schlagen und schaltete wieder um. In einem Billardsaal lag ein Toter.
«Scheiße!» sagte der Blonde. «Hätte der nicht nach dem Footballspiel sterben können?»
Rosa kam von der Toilette zurück. «Wie geht es denn ...»
«Los, ihr Hänger!» fiel ihr der Flipper ins Wort. «Spielt mit mir! Zeigt den anderen, wie gut ihr seid!»
Rosa fuhr herum. «Du hältst jetzt mal dein Maul, klar?»
«Ich habe dasselbe Recht zu reden wie du», erwiderte der Flipper, «das ist ein freies Land!»
Rosa streckte ihm die Zunge heraus.
Nach einer Beerdigung gab es eine Schießerei. Die beiden Polizisten hatten sich hinter einen Grabstein geworfen, und der Priester flüchtete mit wehender Soutane.

«Bei Mamas Beerdigung hat es geregnet», sagte Paolo.
Angelo nickte. «Und weiter?»
«Nichts weiter! Muß denn jede Geschichte eine Pointe haben?»
Evitas Herzfrequenz war unter zwanzig gesunken. Das Fernsehen zeigte weiter ihr unbewegtes Gesicht. Im Hintergrund erklang jetzt eine synthetische Version des Largo, und eine gedämpfte Männerstimme sprach einen Kommentar.
«... von ihr getrennt durch die endlose Wasserwüste des Atlantik, die feuchten Regenwälder des Amazonas und die schroffen, mit ewigem Schnee bedeckten Gipfel der Anden, sind wir doch alle mit unseren Herzen an Evitas Schlammloch, das ihr endgültig zum Grab zu werden scheint. Die Pumpe, auf die wir alle so sehnsüchtig gewartet haben, ist zwar unterwegs, aber Evita hat aufgegeben, und wer will es ihr verdenken? Wir selbst haben doch in den letzten vierundzwanzig Stunden den bewundernswerten Kampf miterleben dürfen, den dieses Mädchen mit dem Tod geführt hat. Wir waren doch dabei, wie sie uns tröstete. Wir sollten nicht so mutlos sein! hat sie immer wieder gesagt. Wirklich helfen konnten wir ihr nicht, aber wir haben unsere selbstverständliche Pflicht getan. Wir haben an unseren Fernsehgeräten ausgeharrt und sie nicht allein gelassen. Und vielleicht, so wie die Bilder dieser Tragödie über Satellit zu Ihnen ge-

drungen sind, dringt jetzt unsere Anteilnahme an Evitas tapferes Herz, das immer noch schlägt. Ich will leben! sagt jeder Herzschlag. Das ist die Botschaft dieses kleinen, großen Mädchens. Sie, für die es nie Hoffnung gegeben hat, will uns Hoffnung machen. Wir stehen alle in ihrer Schuld!»
Der Korrespondent machte eine Pause.
«Sie werden verzeihen», fuhr er dann fort, «aber auch wir Journalisten sind in dieser traurigen Stunde voller Schmerz. Dabei haben wir uns immer wieder gefragt, ob wir Ihnen diesen langsamen Tod überhaupt zeigen dürfen. Nehmen wir uns nicht etwas, das uns nicht gehört? Dürfen wir überhaupt mit unseren Kameras einem Menschen so nahe kommen?»
Der Korrespondent seufzte.
«Wir haben es uns mit der Antwort nicht leichtgemacht, aber wir sind zu der Überzeugung gelangt, daß Sie ein Recht haben, alles über dieses tragische Ereignis zu erfahren. Schließlich leben wir in einem freiheitlichen System, und welche Instanz will sich anmaßen zu entscheiden, was für Sie richtig oder falsch ist? Unser vornehmer Auftrag ist es, Ihnen die Welt so zu zeigen, wie sie wirklich ist. Sie haben die Freiheit, informiert zu sein, und wir die Pflicht zu informieren ...»
«Du bist ein Arschloch!» rief Paolo. «Du redest Scheiße! Totale Scheiße! Ich kann diese Scheiße nicht mehr hören!»

Rosa nahm seine Hand. «Ist doch schon vorbei, Paolo! Schau mal, Manhattan!»
«Das ist nicht Manhattan!» rief Paolo. «Das ist Downtown Brooklyn!»
Die beiden Polizisten tasteten einen puertorikanischen Zuhälter ab.
«Der ist sauber», sagte der Blonde.
Der Schwarze nickte. «Trotzdem nehmen wir ihn mit!»
«Ihr verschwendet eure Zeit mit mir!» erklärte der Zuhälter, während ihn die Polizisten in den Streifenwagen schoben. «Aber mir ist es egal, ich habe heute meinen freien Tag.»
Die beiden grinsten.
Im Polizeirevier stießen sie den Zuhälter auf einen Drehstuhl. Der Schwarze setzte sich auf die Fensterbank, und der Blonde schritt auf und ab und drehte den Puertorikaner mal nach links, in den Lichtkegel einer Lampe, mal nach rechts, vor die spitzen Stiefel des Schwarzen. «Du hast also nichts gesehen. Der Mann aus der Pizzeria hat nichts gesehen, der Lastwagenfahrer hat nichts gesehen, diese rothaarige Nutte hat nichts gesehen, keiner hat was gesehen! Und die Leiche haben wir selbst auf die Fifth Avenue gelegt, was?»
Der Zuhälter nickte. «Genauso ist es, Mann. Ihr Bullen habt das alles erfunden, um mich reinzulegen!»
Rosa zündete sich eine Zigarette an. «Ich mag zwar

keine Zuhälter, aber dieser Puertorikaner ist sauber. Doch der fette Kerl hängt ganz schön dick drin!»
«Quatsch!» sagte Angelo. «Dieser Zuhälter lügt wie gedruckt!»
«Du hast wohl Vorurteile?» fuhr ihn Rosa an.
«Seid mal still!» Paolo deutete zum Fernseher.
Evitas Cursor pulsierte nur noch ganz schwach, und die scharfe Falte auf ihrer Stirn trat immer deutlicher hervor.
Rosa seufzte. «Bestimmt ist es das beste für sie, so ganz ohne Angehörige!»
«Los, ihr Hänger!» schaltete sich wieder der Flipper ein. «Spielt mit mir! Zeigt den anderen, wie gut ihr seid!» Und jetzt meldete sich auch der Videospielautomat neben der Toilettentür mit metallischer Stimme: «Tucson, Arizona. Mexikanische Banditen haben eine kleine Farm überfallen. Den Mann haben sie erschossen. Die Frau verschleppt. Den treuen Knecht haben sie im Pferdestall gefesselt und dort Feuer gelegt. Die drei kleinen Kinder, Billy, Sarah und Suzanne, haben sie an den Küchentisch gekettet. Keiner hört ihr herzzerreißendes Jammern. Gleich greift das Feuer vom Stall auf das Haus mit den Kindern über. Niemand ist in der Nähe. Niemand hört die Kinder schreien. Nur du kannst sie retten!»
Paolo stürzte an den Spielautomaten. Der Pferdestall brannte schon lichterloh. Die Tiere brachen

durch eine umstürzende Wand ins Freie. Ein schwarzer Mustang schleifte den treuen Knecht am Steigbügel mit. Um ihn zu befreien, mußte Paolo mit zwei Reglern einen kleinen Cowboy in die richtige Schußposition bringen und einen blinkenden Punkt am Steigbügel treffen. Paolo schoß daneben, und der Hengst raste mit der brennenden Fackel am Steigbügel davon. Inzwischen hatten die Flammen auf den Dachstuhl des Wohnhauses übergegriffen. Die Tauben suchten das Weite. Der größten Taube mußte Paolo eine Nachricht für den Sheriff mitgeben. Paolo zielte auf einen pulsierenden Fleck am Schnabel. Wieder schoß der Cowboy vorbei. Die Taube flog davon, und der Brief segelte in das Feuer, das sich weiter ausgebreitet hatte. Mit lautem Knall barst jetzt der Kamin. Die Trümmer schlugen durch den Dachboden auf den Tisch, unter dem die Kinder verzweifelt schrien. Ein brennender Holzbalken senkte sich herab und entzündete ihn. Paolo mußte löschen. Drei Eimer, drei Versuche! Der erste Eimer hatte keinen Henkel. Ein wildgewordenes Nudelholz schlug ihn dem Cowboy aus der Hand. Der zweite Eimer hatte ein faustgroßes Loch. Am Tisch angekommen, war er schon wieder leergelaufen. Dabei schrien die Kinder jämmerlich, denn die Flammen leckten schon unter den Tisch.
«Verdammt noch mal!» stieß Paolo hervor.
Der dritte Eimer war ganz klein, ein Spielzeug für

den Sandkasten! Paolo ließ den Cowboy zur Regentonne rennen. Die Kinder schrien erbärmlich. Zischend verdampfte der Lack der Tischplatte. Der Cowboy leerte den Eimer.

«Viel zuwenig Wasser!» stöhnte Paolo.

Blieb nur noch die letzte Chance! Paolo mußte mit einem gezielten Schuß die Kette sprengen, an der die Kinder mit schreckgeweiteten Augen zerrten. Billy, das Baby, hatte bereits Feuer gefangen.

Paolo brach der Schweiß aus. «Ich muß sie retten!» murmelte er. «Ich muß die Kinder retten!»

Angelo, der die ganze Zeit zugeschaut hatte, drängte Paolo von den Reglern und schoß.

Mit einem lauten Knall flog das Haus in die Luft. Zurück blieben auf einer bunten Wiese Billy, Sarah und Suzanne, und nun kamen auch Papa und Mama, und der treue Knecht führte den schwarzen Mustang am Zügel herbei. Die beiden stellten sich hinter die Familie, das Pferd wieherte, und jetzt erschien ein Regenbogen, der sie alle umfaßte.

Paolo umarmte Angelo. «Gerettet! Wir haben sie . . .»

Evitas Herz schlug nicht mehr, und über ihr versteinertes Gesicht lief der Nachspann der Sendung.

«Los, ihr Hänger, spielt mit . . .»

Paolo fuhr herum und trat zu.

Der Flipper war sprachlos.

Paolo holte mit dem rechten Arm aus, aber Rosa hielt ihn fest.

«Laß mich!» brüllte Paolo und versuchte sich loszureißen. Der Plastikschmetterling flog davon.
«Ist doch schon vorbei, Paolo!» murmelte Rosa. «Ist ja vorbei!»
Paolo atmete tief durch und ließ sich von ihr an den Tisch führen. Angelo hob den Schmetterling auf und bestellte noch drei Kaffee.
Im Leichenschauhaus sahen sich die beiden Polizisten eine Wasserleiche an.
«Was macht eigentlich deine kleine Untersuchungsrichterin?» fragte der Blonde.
«Die treibt sich in der Karibik herum», antwortete der Schwarze.
«Karibik!» seufzte der Blonde. «Und wir stecken in diesem Kühlschrank!»